응답하라, 3040 주부!

힐링맘스 지음

이윤정 이루미 이진숙
이정화 임소라 윤정근

도서출판 청어

응답하라, 3040 주부!

힐링맘스 지음

발 행 처 · 도서출판 청어
발 행 인 · 이영철
영 업 · 이동호
홍 보 · 천성래
기 획 · 남기환
편 집 · 방세화
디 자 인 · 이수빈 | 김영은
제작이사 · 공병한
인 쇄 · 두리터

등 록 · 1999년 5월 3일
(제321-3210000251001999000063호)

1판 1쇄 발행 · 2020년 12월 30일

주 소 · 서울특별시 서초구 남부순환로 364길 8-15 동일빌딩 2층
대표전화 · 02-586-0477
팩시밀리 · 0303-0942-0478

홈페이지 · www.chungeobook.com
E-mail · ppi20@hanmail.net
I S B N · 979-11-5860-915-3(03810)

이 도서의 국립중앙도서관 출판시도서목록(CIP)은 서지정보유통지원시스템 홈페이지(http://seoji.nl.go.kr)와 국가자료공동목록시스템(http://www.nl.go.kr/kolisnet)에서 이용하실 수 있습니다.(CIP제어번호: CIP2020048811)

응답하라, 3040 주부!

힐링맘스 지음

이윤정 이루미 이진숙
이정화 임소라 윤정근

원더풀 힐링맘스!

엄해정
(도형심리상담사, 사업가)

나는 누구인가?라는 질문을 통해 자신들의 정체성, 자신들의 위치, 역할들을 소화하며 당차게 하루하루를 찬란하게 살아내는 원더풀 힐링맘스! 그녀들의 당찬 도전과 사소한 일상의 쌓임이 책으로 엮여 출판됨에 지구별 여행을 함께하는 동반자로서 울컥하는 감동과 함께 축하의 말을 전합니다.

반복되는 일상에 잠시 쉼표를 찍고 힐링 맘들의 삶의 노래 함께 하실래요?
문득 정현종 님의 「방문객」이라는 시가 떠올랐습니다.

사람이 온다는 건
실은 어마어마한 일이다.
그는
그의 과거와 미래가 함께 오기 때문이다.
한 사람의 일생이 오기 때문이다.
부서지기 쉬운
그래서 부서지기도 했을 마음이 오는 것이다

그녀들을 처음 만나는 오송역
마음은 즐겁게 발걸음은 가볍게 두 손은 무겁게
제주에서, 광주에서, 전주에서, 충북에서, 경기에서, 서울에서
각자 두 손 가득 선물을 들고 나타났다.

처음 만남에 서로의 마음을 열고 각자의 내면을 드러내 보이며 울고 웃고… 나름 외롭고 힘든 생활 속에서 서로에게 안전한 울타리가 되어주며 응원하고 지지하고 성장하는 힐링맘스!
누군가 지금 이 순간 삶의 무게에 힘들어 하고 있다면 비바람 눈보라에 흔들리면서도 찬란하게 꽃을 피워가는 아름다운 그녀들과 빛나는 삶의 시간, 함께 해보시길 바래봅니다.

사랑합니다.
감사합니다.
덕분입니다.

'응답하라, 3040 주부!'와 함께.

엄마도 놀고 싶다

엄마도 놀고 싶다.
실컷 놀고 싶다.

엄마는 자고 싶다.
실컷 자고 싶다.

엄마는 수다 떨고 싶다.
실컷 떠들고 싶다.

뭐라도 하나
실컷 해보고 싶다.

그러나
엄마인 나는

해야 할 일도
생각 할 거리도

내게 주어진 여자, 딸, 아내, 엄마,
며느리라는 명함만큼이나 참 많다.

그런 날 가장 잘 아는 건
바로 나 같은 엄마였다.

그래서 뭉쳤다.
우리끼리 엄마들끼리.

SALE

1장

주부 일상엔 관심이 필요하다

♬이루미

왜 자꾸 그쪽으로 눈길이 갈까?

애들 봐야 되는데
책이 보고 싶고

설거지, 빨래해야 하는데
유튜브, 블로그, 밴드 보고 싶다.

왜 자꾸 해야 될 일보다
하고 싶은 일에 눈길이 갈까?

하고 싶은 일엔 관심이란 햇살이 있고
해야 될 주부 일은 당장 티도 안 난다.

특별한 의무감이나
꾸준한 관심 또는 보상도 없다.

그래서 주부의 일상에 함께 관심 가져보자고
서로 일상을 공유하는 모임을 만들어 함께하고 있다.

티 나게 신나게 끌리게
주부 일 할 수 있다는 믿음으로.

♫ 이윤정

인증 따윈 필요 없어

나는 비교적 다른 이들에게 관심이 없다.
당연히 그들의 삶에도 별로 관심이 없다.
나와 가깝게 연결되어 있는 사람들에게도 말이다.
그들이 싫어서가 아니라 나의 삶에 더 충실하고 싶어서.

나에게 주어진 상황을 받아들이고 나와 나의 가족들을 잘 돌보며
하루하루 만족스럽게 살아가는 것이 내 삶의 목표이다.
시시하지만 그렇다.

그래서 나는 무언가를 인증하는 것에 거부감이 있다.
어떤 성과를 기대하며 일련의 행동들을 반복하는 것도
나와 나의 생활이 노출되는 것도 다 별로라고 생각했다.

기록에의 열정은 늘 있었으므로 나의 일기장은 어디에나 있었다.
필요하면 내가 들추어보면 그뿐이라 생각했고,
다른 이들이 나의 삶에 들어오는 것이 불편했다.

프로 주부 인증톡의 시작도 그랬다.

♫ 이진숙

깨끗한 척이 아닌 진짜 깨끗한 집

집안일이 쌓여 있으면 스트레스를 받고
그 상황이 참 불편한 나…

구석구석 깨끗이 청소할 만큼의 에너지는 없고
보이는 부분 위주로 깨끗한 척하며 청소를 했다.

한 번만 해서 끝나는 일도 아니고,
해도 해도 끝이 없는 집. 안. 일.

매일, 매주, 매달, 매년 해야 하는 집. 안. 일.
안 하면 티 나고 해도 크게 티 안 나는 집. 안. 일.

다들 어떻게 하는지 궁금했다.
함께하며 배우고 싶었다.

그리고 깨끗한 척이 아닌
진짜로 깨끗한 집을 만들고 싶었다.

그리고 실은 티 팍팍 내고 싶어 시작하게 되었다.

♬ 이정화

사진 속으로

티 나게 하는 일은 나에게는 불편한 일이다.
늘 봉사하는 마음으로 하는 것이 익숙한 나이기 때문이다.

나의 모든 것을 보여주기 위해…
나는 용기를 내어본다.

내가 하는 모든 일을
맑고,
예쁘게,
깨끗하면서도
한 곳에 집중되어 보일 수 있게
최고 인증 사진으로 남기고 있다.

나는 프로 주부니까.
나답게 하게 된 목적이다.

♫ 소라

지혜를 얻으려면 매일 하나씩 버려라

"지식을 얻으려면 매일 하나씩 쌓아라. 하지만 지혜를 얻으려면 매일 하나씩 버려라." 노자(老子)는 말했다.

쌓기만 하던 공부와 능력을 펼치던 그땐 많은 걸 할 수 있었고, 하고 싶은 건 바로 할 수 있었지만, 마음의 허전함을 느꼈다. 나의 능력을 알아주어도 만족하지 못해 눈에 띄는 성과를 내려 앞만 보고 달렸다. 내가 누리고 가진 것이 능력이라고 생각해 더 누리고 더 가지려 했다.

그런데 채워갈수록 내 마음은 더 비어갔다. 주위 사람들은 경쟁 상대가 되어 누구보다 더 빠르게 멀리 가려 했다. 진심을 터놓을 사람이 점점 줄어들었다. 나라는 사람이 누구인지 생각할 시간조차도 없는 숨가쁜 날들이었다. 그렇게 충분히 공부하고 사회에 나와 가진 능력을 펼치며 살던 여자가 결혼하고 아이를 낳다 보니 주부가 되었다.

주부가 되어보니 비로소 알게 되었다. 살림은 티 안 나고 끝없는 반복적인 일이지만 단순하고 보잘 것 없는 일에서 삶을 살아가는 힘을 배우게 되고, 육아는 누구나 할 줄 안다고 생각했지만 잘하기는 어렵고, 아이와 대화는 안 되지만 진심은 통해 나라는 사람이 누구인지 알게 된다. 평범한 주부가 하는 일이야 말로 지식을 비워야 하나씩 쌓을 수 있고, 아이를 키우며 내 마음처럼 되지 않는 것에 마음을 비우는 지혜로운 일이다.

대부분의 주부가 지혜로운 일이라는 걸 느끼지 못하고 홀대하며 시간과 정성을 흘려보낸다. 이렇게 시간이 지나면 자존감도 낮아지고 행복할 수 없다. 내가 행복해야 가족이 행복한 것이고, 가족이 행복해야 사회가 행복하다. 행복은 밖에서 찾는 것이 아니라 안에서 발견하는 것이다. 엄마가 하고 있는 일이 지혜를 얻는 일이며 지혜와 지식이 조화로운 성인(聖人)이 되는 것이다.

내가 필요한 곳에서 행복한 순간들을 많이 만들어가면 될 것이다.

나는 불량주부다

나는 집안일과는 거리가 아주 먼 불량주부이다.
집안일이 하기 싫어서 일을 선택할 정도였으니까…

그러다 집안 3종 일과 자기계발에 관련한 일을 하고
매일매일 카카오톡에 인증하는 모임에 들게 되었다.
처음에는 집안일에 너무 자신이 없어 안 한다고 했었다.
하지만 마음 한켠에는 나도 집안일을 배우고 싶었었나보다.

그렇게 참여하게 되었고 프로 주부님들의 인증톡을 보면서
자극과 팁을 받으며 작은 집안일부터 하나씩 해나가기 시작했다.

아직도 갈 길이 먼 집안일이지만 이렇게 조금씩 변화하다 보면
언젠가는 나아지겠지 하는 마음으로 현재도 진행중이다.

SALE

2장

나는 누구인가?

♫ 이루미

나도 여자다

아내이기 이전에
엄마이기 이전에 나도 여자다.

아내도 엄마도
그 모든 게 처음인 여자

두근두근 설렘도 쿵쾅쿵쾅 불안함도
그 모든 걸 수시로 느끼는 여자

때론 밑도 끝도 없이 강하다가도
한없이 여려지는 그런 여자

따스한 햇살 같은 관심과 지지
비옥한 토양 같은 믿음

그 세 가지만으로도 충분히
스스로를 피어오르게 하는 여자

나는 그렇게 소소한 것에
힘을 얻는 한 여자이며 사람이다.

♬ 이윤정

마흔이 넘어서 깨달은 것

돌아보면 모두 의미 있는 날들이었지만 지독한 에고와 우울, 막연한 두려움의 시간을 관통하며 젊은 날들을 보냈다.

어느 정도 안정을 찾은 뒤, 남편과 만나 결혼했고 결혼생활은 쉽지 않은 날들의 연속이었다. 세 아이들을 낳았고, 육아와 아직까지도 버거운 가사에 함몰되었던 십 년의 시간을 떠나보낸 지 얼마 되지 않았다.

누구보다 좋은 아내와 엄마가 되고 싶다는 열망은 아이러니하게도 몸과 마음을 많이 아프게 했고, 나 자신을 사랑하고 지키면서 온전한 가정생활을 영위하고 싶다는 열망의 자각은 그 아픔이 절정에 이르렀을 때 일어났다.

그때부터 나는 어떤 것에도 현혹되지 않고 나 자신의 행복을 위한 것에 탐닉했다. 감성이 건드려지는 것을 끊임없이 추구하며, 다양한 것들을 경험하고 느끼며 전율했다. 호기심과 열정이 가득한 나 자신을 그 누구보다 사랑하며 존중한다. 지금도 여전히 부족하지만, 나를 성장시킨 것의 중심에는 결핍이 있었고, 그 사실을 온전히 받아들였을 때 삶이 나에게 말을 걸기 시작했다.

핸드메이드를 통해 삶의 균형이 맞추어지는 경험을 했고, 걷기와 등산을 통해 지금보다 조금 더 나은 인간이 될 수 있을 거란 확신이 생겼다.

김종석의 아내이자 김하민, 김보민, 김규민의 엄마이지만 이윤정으로서 존재할 때 가장 반짝인다는 것을 마흔이 넘어서 알아버렸다.

나는 무엇에 설레는가?

미래가 설레는 사람은
앞으로 살아갈 삶의 이유가 생기는 거다.
엄마, 아내, 직장인이라도
설렘이 없다면 그건 그냥 사는 것.

미래가 설렌다는 이를 만나면
나도 덩달아 심장이 두근거린다.
스스로에게 질문해 본다.
'난 무엇에 설레는가?'

아이들과 놀이를 하다가
새로운 아이디어가 떠오르거나
아이들이 그 놀이에 빠져
"또 해요. 진짜 재밌어요."라고 말하면
뛸 듯이 기쁘고 설레는 날 발견하곤 한다.

그런 기쁨과 설렘의 순간들이 모여
흔한 풀과 돌도 내 손에선
보석 같은 놀이로 변신했다.

그렇게 난 순간의 설렘과 흔한 것들로
놀이 메신저라는 삶의 이유를 찾았다.

이 정 하 (42세)

나 ⇒ 20살에 결혼한 용감한 나

· 용감하게 결혼 할수 있었던 계기는
용감하게 결혼하고픈 24살 오빠 덕분에

결혼을 빨리하게 된 계기
· 대가족 → 나만의 공간 → 누군가에게 기대고 싶은 마음.

20살 ⇒ 큰아이 출산
어린 오빠는 나에게 사랑 듬뿍주며 나는 공주로 대접해주었다.
(늘 옆에서 지켜주는 왕자님)
23살 ⇒ 작은아이 출산
어린 오빠는 공무원 공부중 (새벽5시 ~ 저녁12시) 매일 반복.
가장으로서 얼마나 어깨가 무거웠을까? 생각하면
마음이 아프기도, 이런 오빠의 강함 덕분에 나가, 가족이 있다.
15평 아파트에 살면서 우리를 한 없이 보듬어주는
시어머님, 시아버님 덕분에 지금 우리가 자리잡고 사는거 같아
늘 감사하다.

남편과의 관계 – 상 · 중 · 하 "중 · 상"
1 ~ 10단계 ⇒ "6 ~ 8단계"
) 지금도 배우는 부모니까 ~
서로 엄마. 아빠가 처음이니까
남편의 존재 ⇒ 귀한 사람, 내 목숨과도 충분히 바꿀수 있는 사람.
당신은 나에게 더한것도 해줄 사람이잖아 ♡

www.kumhongfancy.co.kr

나를 인정하는 순간

나는 누구인가에 대해 진지하게 생각해보는 순간이 지금이다.
20대에는 아이들을 출산하고 양육하느라 정신없이 보내고
30대는 아이들 학교 봉사활동 하며 엄마 자리에서 최선을 다하였다.

30대 후반 40대 초인 지금 나는
나를 찾기 위한 다양한 경험을 통해 배우고 성장하고 있다.
누군가 "20대 때 겪어야 하는 걸 지금 겪고 있으니 얼마나 힘들어?"
라고 공감을 해준다. 내가 지금 방황하고 나를 찾는 이유를 알았다.

너무 일찍 엄마가 되어 사회 경험 없는 내가 가벼운 마음으로 덤볐으니
얼마나 힘들었을까? 생각이 든다.

오늘도 난 몸과 마음 건강을 위해 모든 신체영역에 물과 사랑을 주며
단단하게 키워가고 있다.

듣고 싶은 말

정화야 혼자여도 괜찮아~
많은 감정 지뢰밭에서 헤매도 괜찮아^^
다시 용기를 낼 힘이 내게 있으니까^^
다 잘 될 거야^^

아빠 없는 하늘 아래

내 나이 14살에 아빠가 돌아가신 때도
새아버지 집에서 눈치 보며 사는 동생들 생각에 가슴 아플 때도
대학에 갈 학비를 감당 못 할 형편이라 여상을 선택했을 때도
취업 후 동생들을 데리고 살며 혼자 부담했을 때도
아빠 제사와 명절을 20살부터 짊어졌을 때도
주말부부로 살아야 하는 신랑을 만났을 때도
'왜 나에게만 이런 일이'란 말이 마음속에 항상 있었다.

과거와 사건에 마음을 두고 살았던 시기였다.
소중한 사람, 소중한 순간
그 모든 것들이 "지금"이 아니면 헛되다는 걸
알게 된 후의 나의 의식은 이렇게 변했다.

아빠가 일찍 돌아가신 것도
새아버지 집에 동생들이 사는 것도
대학을 못 가고 취업한 것도
동생들을 혼자 부담했던 것도
평생 주말부부도 모든 것이 긍정의 눈으로 바라보게 되었다.

그럴만한 이유가 있었던 것이고 나를 위한 것이라는 걸.
그리고 그 순간을 모두 느껴야만 감사함으로 행복하다는 걸.
후회 없이 순간을 느끼고 행복하게 살기 위해서는
그대로 받아들이면 되는 것이다.
긍정의 시선으로 그대로 받아들이면 행복하다.

♬ 윤정근

나는 누구일까?

10대의 나는 세상에서 가장 불쌍한 사람은 나다,라는 생각으로 나는 왜 태어났고 왜 이런 가정에서 태어났는지 왜 이런 나라에서 태어났는지 부정적인 의문만을 가진 채 스스로 힘든 삶을 살았었다.
(생각해보면 중2병이 20대 초반까지 갔었던 듯…)

20대는 내 스스로 버는 돈에 취해 즐기고 노느라 아무 생각이 없었지만 놀만큼 놀아서 후회는 없다.

30대는 결혼을 하고 엄마가 되면서 놓아야 하는 내 삶이 나 혼자만의 희생이라 생각하며 또 다시 프로투덜러로 살다가 진짜 중요한 게 무엇인지 알게 되었다.

내가 사는 환경이 나와 마주하는 사람들이 좋은 사람들이 되려면 먼저 내가 스스로에게 좋은 사람이 되어야 다른 사람들에게도 좋은 사람이 될 수 있다,라는 걸 알게 되었다. 그 이후로 나의 영혼을 위해 기도하고, 좋은 글을 읽고, 항상 감사하고, 몸에 나쁜 음식을 줄이고, 운동을 하고, 규칙적인 생활을 하려고 노력 중이다.

물론 계획한대로 안 될 때가 더 많기는 하지만 그렇게 시행착오를 거치고 스스로를 위로하며 그렇게 변화하고 있다. 지금 나는 나에게 좋은 사람이 되기 위해 스스로 노력중인 그런 사람이다.

당신은 누구인가?

당신은 누구인가?

SALE

3장

흔한 일상에 응답하다

나이 들어도 좋은 이것!

"사랑스러운 입안에 들어갈 간식! 아~^^"

아이의 앵두 같은 입술은
오물오물 히죽히죽 웃으며
마음을 먼저 먹음에 충만한 모습이다.

"엄마 고운 입에도 아~^^"

자연스레 주거니 받거니 마음 간식을
먼저 먹는다. 그렇게 몸과 마음이
룰루랄라 행복하게 쑥쑥 자라난다.

달콤한 마음.
그것은 나이 들어도 여전히 좋다.~♡

나에게 밥이란

한때 밥하는 것은
나에게 영원한 숙제인 것만 같은 일이었다.

집안일 중에서도 가장 취약한 것이
밥하는 것이었기 때문이다.

솔직히 밥은 쌀 씻고 밥솥에 넣기만 하면
밥솥이 알아서 해주는 것이라 어렵지 않다.

하지만 우리나라는 밥만 먹고 사는
나라가 아니지 않은가…

그러나 시대가 변하고 아침밥은 가볍게
샐러드로 먹는 시대가 되었다.

저녁밥은 소식이나 간헐적 단식을 하기에
공복으로 넘어가도 이해가 되는 시대가 되었다.

그래서 나는 트랜드에 맞게 살기로 했다.

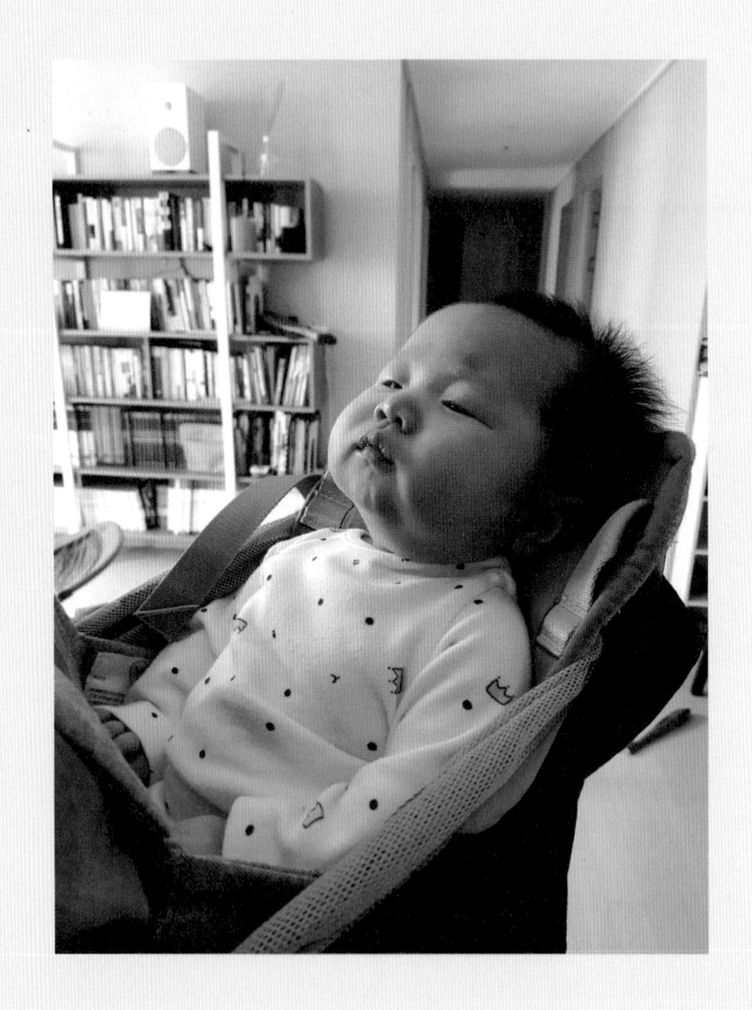

난 애 밥 주는 사람이야…

아침 먹는 중 30일 된 둘째가 칭얼댄다.
난 먹던 밥 먹고 돌보려고 아이에게 장난을 쳤다.

"장난 그만하고 밥 먹어" 신랑이 부드럽게 말한다.
신랑은 아이보다 아내가 중요하니 아이 신경 쓰지 말고
먹던 밥 먹으라고 한 말이었다.

그런데 난 그만 서러워 밥을 머금고 어린 아이가 울 듯 펑펑 울었다.
신랑의 말이 내 마음속의 필터로 걸러져 이렇게 들린다.
'애가 밥을 달라고 하는데 빨리 밥 먹고 젖을 줘야지. 장난을 치고 그래?'
그동안 난… 스스로를 '애 밥 주는 사람이야'라고 생각하며 살았나보다.
신랑의 말이 그렇게 들리는걸 보니.

잠깐 시원하게 울고 나니 신랑의 말이 서운하거나 왜곡되지 않는다.
'그동안 모유 주느라 힘들었구나… 고생 많아… 아주 잘하고 있어…'
나에게 말해주었다.

울지 않고 가슴에 담아두었다면 큰일이 되어 다시 돌아왔겠지.
사소한 일에 웃고 울고 사소한 일을 감사히 받아들이고 표현하니
크게 싸울 일도 크게 서운할 일도 일어나지 않는다.

추억은 사랑을 싣고

주부 경력 22년만큼이나
잊혀지지 않는 맛이 있다.

추억의 김치~

각 집집마다 그 맛은 달라도
한결같이 빨간 옷을 입고

밥상 위에 자태를 뽐내며
밥상 한곳을 차지하는 김치

김치의 변신은 무죄
김치의 맛도 무죄

비가 오는 날이면 어김없이
밥처럼 김치로 부침개를 부쳐 먹는다.

어쩌다 보니 그 맛이 대물림되어
누구나 추억을 떠올리는 맛이다.

난 오늘도 추억을 먹는다.
가족들과 함께.

♫ 이진숙

8살 아이의 밥 짓기

어린아이였던 나는
부모님이 퇴근하기 전에
전기밥솥에 밥을 해 놓았다.

내 기억에 난 8살부터 밥을 할 줄 알았다.
칭찬받을 목적보다 퇴근 후
저녁 준비하는 엄마가 힘들어 보여서였다.

9살 막내딸은 쌀을 씻는다.
15살 큰 아들은 압력 밥솥에 밥을 짓는다.

아이들을 보며 어린 날 생각했고
지금의 아이들도 어렸을 때 나랑 같은 생각일까?
다 큰 내가 느끼는 이 감정을 내 엄마도 똑같이 느꼈을까?

밥을 보며 이런저런 생각에 뭉클해진다.

♬ 이윤정

오늘도 집 밥

먹는 것에 그다지 큰 비중을 두고 살지 않았던 내가
다섯 식구의 끼니를 매일 책임져야 한다는 건 엄청난 부담이었다.
요리보단 청소나 정리를 훨씬 즐겨했고 왠지 밥하는 일은 정이 가지 않았다.
나만 바라보는 가족들이 있고, 먹고 사는 일은 그냥 덮어둘 수 없는 문제여서
나만의 방식으로 음식을 다룰 수밖에 없었다.

서울 변두리에 위치한 우리 동네에는 근처에 마트도, 재래시장도 없다.
남편은 부엌일에 관심이 전혀 없는 사람이고, 아이들은 모두 입이 까다로웠다.
나에게 요리를 가르쳐 줄 사람도 없었고, 도움 받을 상황도 되지 않았다.
맘에 드는 식자재 마트들은 배달이 되지 않거나, 너무 멀리 있기 일쑤였다.
그럴수록 나는 외식과 배달음식을 멀리했다.
편한 것에 익숙해지면 빠져나올 수 없을 것 같아서 말이다.

그리고 무엇보다 나의 힘으로 감당하고 싶었다.
고수들의 요리책을 보면 주눅이 들 것 같아서 요리책은 가까이하지 않았다.
나에게 필요한 것은 어디에서나 구할 수 있는 재료로 쉽고 빠르게 요리하는
것이었다. 무엇보다 매일 짓는 밥이 지겨워지면 안 되었다.
그때 나에게 최고의 요리 선생님은 인터넷 검색창이었다.

요리에의 열정은 쉽게 생기지 않았고, 지금도 그렇다.
그 대신 나는 요리를 대하는 태도를 바꾸었다.
나는 요리의 스킬이나 비법 대신 꾸준함과 성실함을 선택했다.
결과물에 대한 집착보다 재료에 대한 안목을 키우는 것이 필요했으므로
어느 정도 자신감이 붙을 때까지 그것들과 친해지려고 노력했다.
그런 과정들을 경험하면서 매일 밥을 짓는 사람에 대한 존경심이 생겼고,
요리는 그 어떤 행위보다 창조적인 행위라는 것도 알게 되었다.

그래서 나는, 오늘도 집 밥이다.

할 줄 몰라 쌓아 놓을까?

수납, 정리, 빨래, 설거지를
할 줄 몰라 쌓아 놓을까?

마음 불편한 날엔
집안일도 불편하게 늘어져 있고
이런들 어떠하리 저런들 어떠하리
요런 느낌의 일들엔 손을 놓기 참 쉽다.

그렇기에 이 순간들은 어떠한 기법보다
마음 어루만져 줄 누군가가 필요한 때이다.

없다면…
얼룩진 그릇을 수세미로 닦듯
내 마음을 스스로 닦는 지혜를 선택한다.

♬ 윤정근

나는 매일 아침 설거지를 한다

퇴근하고 집에 와서 저녁을 챙기고 나면
그 이후로의 집안일은 아무것도 하기 싫다.

그래서 나는 집안일엔 손을 대지 않는다.
그리고 다음날이 되면 밀려있는 설거지로 아침을 시작한다.

설거지를 하며 물소리를 들으며 정신을 깨운다.
아침 설거지는 하루를 시작하는 나의 습관 중 하나가 되었다.

그런데 다른 사람은 이런 나를 이해를 하지 못한다.
어차피 설거지는 내 몫이니까 내 마음대로 하련다.

60초 투자로 24시간의 편안함을 얻다

아침에 일어나면 어제 저녁 설거지 한 그릇을 제자리에 놓는다.
새벽에 그릇끼리 부딪히는 달그락 소리는 잠을 깨우는 새소리처럼 들린다.
그릇이 제자리를 찾으면 머릿속이 정리되어 평안한 하루가 시작된다.

비록 시간이 지나면 다시 그릇들이 밖으로 나오지만 그렇다고 그 자리에
놓으면 뒤죽박죽 섞여 필요한 그릇 찾는데 오랜 시간이 걸린다.
그래서 제자리에 놓는 습관이 귀중한 시간을 지키는 방법이다.

단순하고 반복적인 일을 의식하며 하다 보면 메시지를 받게 된다.
'사소한 것도 공 들이고 네 시간을 감사히 사용하니 내가 선물을 줄게'

60초… 짧은 시간을 투자하면 머릿속이 심플해져 하루가 편안해진다.

깨닫는 순간

22년 세월만큼이나 변함없이 해야 하는 주방일이 있다.
바로 설거지이다. 설거짓거리가 쌓이는 만큼 걱정부터 앞선다.

수세미와 퐁퐁이 만나 그릇을 구석구석 목욕해주는 내 손
예의보다 힘으로 어설프게 설거지를 했던 나

그릇을 대충 샤워시키고 그런 그릇에 음식을 담아 놓으면
가족 생각을 먼저 하는 한 사람이 늘 옆에 있다. 바라본다. 느낀다.
알아차린다.

설거지에 대한 예의를 갖추니 그릇이 더 하얗게 더 선명하게
그릇과 손이 만나 들려주는 소리에 기분 좋은 나를 발견하다.

삶에서 얻는 지혜구나 싶다.
지금은 남편 덕분에 식기세척기가 생겨
쉼을 할 수 있는 유일한 나만의 시간이 되었다.

조금은 귀찮은 작업이지만…

오늘 저녁은 뭐해 먹을까?
잠깐의 고민도 없이 서로 외친다.

오징어 국! 생선구이! 짜장 떡볶이! 스파게티!

그래! 오늘은 오징어국, 생선구이로 하자.

맛있어져라~ 맛있어져라~
어느 그릇에 해야 맛있어질까?
가스레인지 3구 위엔 냄비들로 가득 찼다.

초점 잃은 시선 뒤로 보이는 산더미
너를 외면할 수가 없어 바로 일어난다.

설거지 후
키친타월로 프라이팬, 냄비들을 닦아 자기 자리를 찾아준다.

조금은 귀찮은 작업이지만
이것도 하다 보니
깨끗해져 있는 부엌을 보며 느끼는 만족감도 습관화되었다.

내겐 마냥 어여쁜

햇빛 좋은 날엔 설거지한 그릇들을 해가 가장 잘 드는 방에 둔다.
햇볕의 따뜻함이 그릇들에 스며드는 환한 느낌을 사랑한다.

결혼 후 시부모님과 함께 살았고, 얼마 후 분가 예정이었으므로
혼수용품으로 주방 살림살이는 거의 사지 않았다.

어머님은 집안일보다 바깥일이 잘 맞는 분이셨고, 놀랍게도 나는 살림이
한없이 궁금하고, 적성에 맞는 며느리였다.

분가는 내 뜻대로 이루어지지 않았고, 그만큼의 욕구불만과 불안감은
어설픈 분가 후 내 눈에 어여쁜 살림살이들을 사재끼는 것으로 표현되었다.
그럴싸한 장비가 준비되면 그럴싸한 프로 주부가 될 것 같아서였다.
어떤 것들은 지금까지 잘 쓰고 있고 어떤 것들은 다른 이들이 잘 쓰고 있으며,
어떤 것들은 버려졌다.

십 년쯤 전업주부로 살다 보니 이제야 취향과 욕구 사이의 균형이 조금씩
맞추어지고 있다. 오늘도 형형색색의 그릇들이 목욕시킨 아이들 마냥 뽀얀
자태를 맘껏 뽐내고 있다.

여인의 향기를 입혀주다

숙녀도 여인도 아닌 한 꼬마 아이에게서
향긋한 향이 뿜어져 나왔다.

한참 후, 그 애 엄마가 왔고
그 모녀는 같은 향을 품고 있었다.

그 향기는 고급스럽고
여성스러움을 느끼게 해주었다.

"향수 뭐 쓰시나요? 향이 참 좋은데요~^^"
"아… 향수 아니고 다우니 써요. ㅎㅎ~"

애 낳고 모유 향기만 흐르던 내게 당장에
다우니의 여성스러운 향을 입혀주었다.

내 생애 최고의 가전제품

빨래는 세탁기가 해주지만
건조대에 빨래를 일일이 털고 널고 다시 걷고 개고…
무한반복의 빨래 널고 개는 일을 덜어준 가전제품이 바로 '건·조·기'였다.

그전에는 빨래 널 시간이 없어서 빨래를 한가득 쌓아 놨다 몰아서 빨았는데
건조기가 들어온 이후로는 빨래가 적당히 쌓이면 세탁기를 돌린다.
빨래를 세탁기에 돌리고 건조기에 말리면 빨래들이 뽀송뽀송한 상태로
나오니까 세상 좋을 수가 없다.

건조기를 발명한 분께 절이라도 하고 싶다.

엄마처럼 살지 않겠노라

주부로만 살다가 하루아침에 가장이 된 엄마를 보며 무능력해 보여 난 워킹맘을 고집했고, 소녀처럼 쑥스러움이 많아 관계 맺음을 힘들어 하셔서 난 단체에서 리더를 맡아 했고, 뚱뚱한 엄마처럼 되기 싫어 숨쉬기 운동밖에 할 줄 몰랐던 난 요가 강사를 했고, 힘든 부분을 스스로 해결하지 못하는 엄마여서 난 자신과 아이들에게도 잘하는 엄마이기 위해 육아서와 심리서를 1,000권 이상 읽었고, 흰 수건, 흰 옷은 꼭 손빨래 하는 엄마가 미련해 보여 난 손빨래 하지 않겠다고 다짐했다.

그렇게 살다보니 칭찬 한번 없던 엄마가 어느 날 말씀하신다.
"우리 딸 멋지지. 도전하면서 내 삶을 살고 아이한테도 잘하는 엄마가 얼마나 있어? 엄마는 못 해봤으니 너라도 하며 살아."

어느 날,
손빨래 하지 않겠다고 한 내가
쪼그려 앉아 흰 옷을 손으로 깨끗하게 빨고 있다.

엄마…
엄마가 보여준 삶도 잘 살고,
엄마가 못 살아본 삶도 내가 대신 잘 살아볼게요.

♫ 이정화

포기하지 않으면 보이는 것들

건조된 옷을 확인하고 개기를 반복하는 나
여름 장마철이 되면 빨래에 많은 에너지를 쏟는 나
정성껏 한다고 하지만 덜 마른 빨래와 마주쳤을 때
포기하고 싶어지는 나를 발견한다.

이런 나에게 남편이 선물해준 그 아이
결혼생활 21년 만에 처음 만난 그 아이 행동에
나는 반해버렸다.

세탁 후 넣으면 뽀송뽀송한 상태로
내게 행복감을 주는 요 아이 덕에 요즘 나는 매일 행복하다.

세월만큼이나 포기하지 않고 있는 그대로 노력한 결과
걱정을 덜어주는 건조기가 있어 오늘도 나는 빨래를 신나게 한다.

하루 빨래 기본 40개 이상

하루 동안 벗어놓은 우리 가족의 옷은 몇 벌이 될까?
우리 가족 5명이 벗어놓은 옷의 개수를 세어봤다.

남편 수건 2, 셔츠, 바지, 속옷, 양말
큰아들 수건 2, 교복, 축구복 세트, 속옷, 양말
둘째아들 수건 2, 평상복 세트, 축구복 세트, 속옷, 양말
막내딸 수건 2, 평상복 세트, 속옷, 양말
엄마 수건 2, 아침 운동복 세트, 출근복 상하, 속옷, 양말

이것만 더해도 몇 벌일까?

6+10+10+6+11=43

세탁기와 건조기가 매일매일 쉼 없이 일하고 있다.
내 머리와 가슴만큼이나 쉼 없는 너희들에게 고맙다.

♬ 이윤정

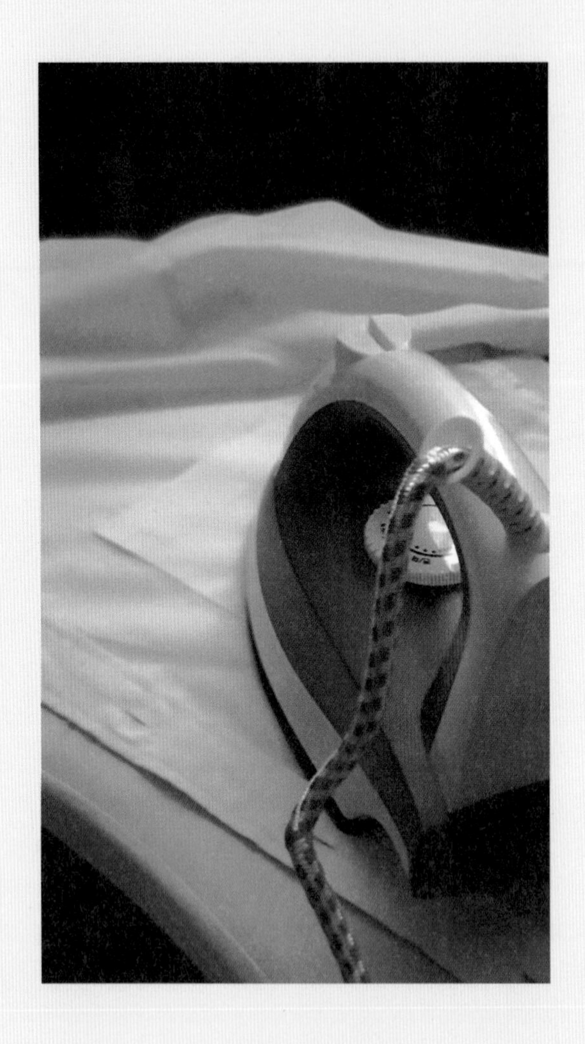

와이셔츠 단상

와이셔츠를 다린다.
다림질은 내가 별로 좋아하지 않는 일 중 하나이다.

특히나 허리가 아플 때의 다림질은 고역이었다.

세탁소에 맡기거나 안 해버리면 그만인 것을
꾸역꾸역 다리고 있는 내가 우습기도 하고 한심하기도 했다.

그런데 어느 순간부터
다림질을 할 때만큼은 남편에 대한 마음이
달라짐을 느끼기 시작했다.
적어도 그 순간만큼은 말이다.

구겨지고 빛바랜 셔츠들을 다리면 그에 대한 애틋한 마음도 올라오고
힘들겠지만 좋은 마음으로 회사생활을 하길 바라는 간절한 마음이
자연스럽게 생겼다.

와이셔츠 다림질이 조금은 특별해졌다.

♫ 이루미

집은 기필코 누군가 와야 한다

"언니, 금요일에 봐요~^^"

만나러 온다는 전화를 받은 난
수요일부터 정리를 시작한다.

자잘한 장난감은 치워도 치워도
끝이 없지만 그 날을 위해 치운다.

드디어 금요일.

"언니, 집이 왜 이리 깔끔해요?
집이 더 넓어 보여요."

"덕분이에요~"

그 두 마디로
청소 정리의 이유와 보람은 온전히 표현된다.

그러나 손님은 자주는 사양, 가끔은 환영이다~^^

당신이 사는 방이 당신 자신이다

당신이 사는 방이 당신 자신이다.
『청소력』(마쓰다 미쓰히로)에 나오는 말이다.

처음 이 말을 들었을 때 뒤통수를 가격당한 것만큼 엄청난 충격이었다.
어렸을 적부터 "방 좀 치우고 살아라"라는 잔소리를 귀에 닳도록 듣고
살았던 나는 더러우면 더러운 대로 정리가 안 되면 정리가 안 된 대로
잘 먹고 잘 사는 그런 사람이었다.

그러다가 미니멀리즘한 이웃들이 생기고 그들에게 자극을 받아서
정리를 하기 시작했지만 쉽게 고쳐지지는 않았다.
많이 버리고 버려도 어느 순간 다시 채워지는 물건들이 신기했다.

그래도 포기하지 않고 때마다 버리고 있다.
덕분에 집이 점점 미니멀화가 되어가고 있는 느낌이 든다.

내가 알잖아

화장실 청소는 하수구까지 해요.
왜?

이효리는 이상순이 보이지도 않는 의자 밑바닥까지 사포질 하는 모습을 보고 "여기 안보이잖아. 누가 알겠어?"라고 했더니 "내가 알잖아. 남이 생각하는 것보다 내가 나를 어떻게 생각하는지가 더 중요해."라는 말에 큰 깨달음을 얻었다고 했다. 캠핑클럽에서 스쿠터를 탔을 때, 이진을 배려해 일부러 나무 그늘을 지나서 섰던 그녀는 말했다.
"내가 내 자신이 기특하게 보이는 순간이 많을수록 자존감이 높아져."

나에게 하수구 청소는 자존감을 높이는 순간이다.

남들이 알아주지 않는 집안일, 해도 티 안 나는 집안일, 보이지 않는 곳이 많은 집안일, 보잘것없는 것 같은 집안일을 만족스럽게 하는 것이 자존감을 높이는 일이다.

나의 자존감을 높이기 위해 한 행동이 우리 집 문화를 만드는 경험을 했다. 9살인 첫째는 혼자 샤워를 한다. 갠 수건을 넣어 두려고 문을 열었는데 아이가 하수구 청소를 하고 있다. 엄마가 청소하는 모습을 보고 자기도 그동안 똑같이 하고 있었다고 한다.

기특한 순간 내가 알잖아.
내 아이가 알잖아.

♫ 이정화

생각, 마음 청소

어떤 마음으로 청소를 하느냐에 따라
마음도 몸도 힐링의 온도 차가 생길 수 있다.

결혼 초에 아기자기하게 꾸몄던 내가
아기가 태어나는 순간부터
티 나지 않는 청소를 중간으로 생각하고
아기에게 집중하며 20대를 보냈다.
계획 잡고 실천해야 조금은 깨끗한 집이 됐다.
이렇게 노력하며 30대를 보냈다.

요즘 내 생각은
내 자리만 깨끗하게 치우고
제자리에 정리 정돈하면
당연히 마음과 몸이 힐링이 될 줄 알았는데
청소에도 단계가 있다는 걸 알게 되었다.

보여주기 위해 청소를 하는 것이 아니라,
행복, 긍정의 에너지로 청소를 하니
마음도, 몸도 지상낙원이 따로 없다.
요즘 나는 생각한다.
어떻게 하면 오늘도 힐링할 수 있는지.

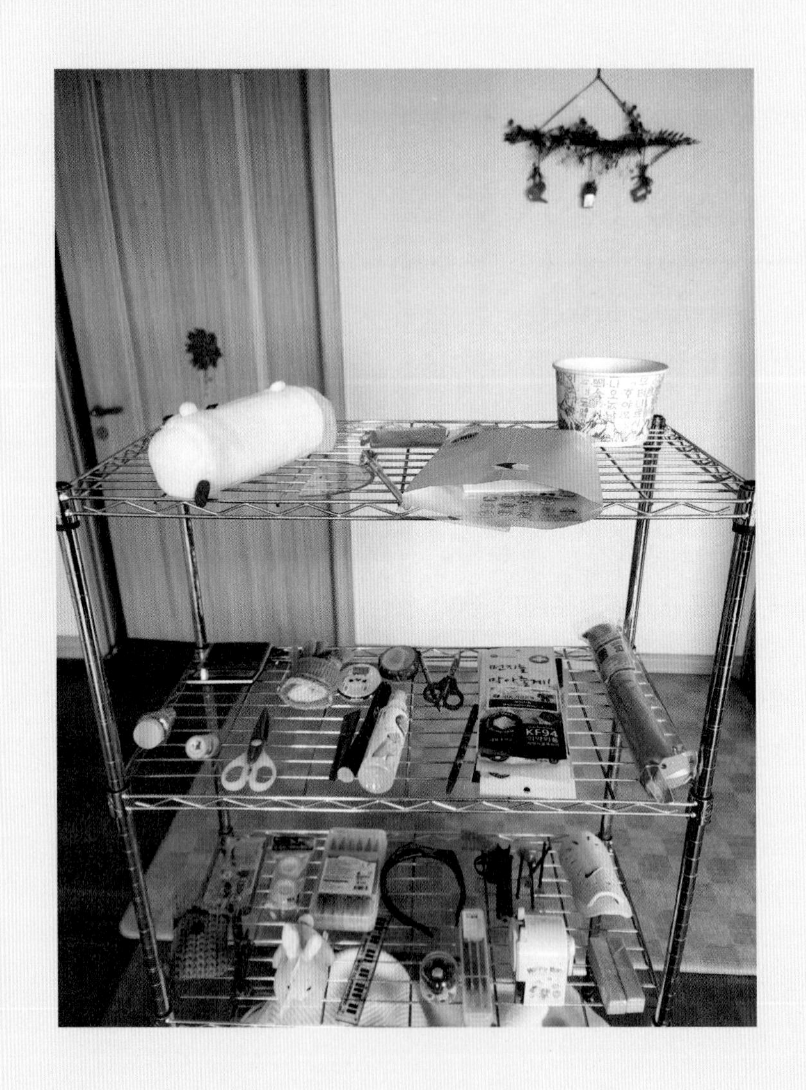
KF94

집안일도 놀이가 될까?

내게 집안일은 힘들고 귀찮다.

그러나 시간 내서 하지 않음
안 되는 일이기도 하다.

내겐 그런 일이 아이들에겐
흥미진진한 놀이거리다.

내가 계란프라이든 설거지든
빨래든 청소든 하려 하면

놀이를 대하듯 초롱초롱 눈망울로
관심을 보이고 하고 싶어 하는 아이들.

집안일이 과연 놀이가 될까?
그게 가능하다면 이건 주부계의 기적이다.

아이들의 시선으로 기적 한번 일으켜볼까? ~^^

이만하면 족하다

오늘도 나는 창문을 닦는다.
베란다 창문 블라인드를 걷으면 꽤 멋진 풍경이 그림처럼 펼쳐진다.
나만의 정원을 더 선명하게 보려면 조금 귀찮아도 말끔하게 닦아야 한다.

봄, 여름, 가을, 겨울
어느 한 철 감동이 없었던 날이 없었다.

우울과 아픔으로 가득 찬 날 조차도 가만가만히 이곳에 서서
창밖을 바라보면 오늘 하루쯤은, 어떻게든 버틸 수 있을 것 같았다.

잠시라도 이 공간에 함께 머물렀던 이들의 나지막한 탄성은
나를 더욱 기쁘게 했고 나의 걸레질은 더욱 탄력을 받았다.

그렇게 십 년을 함께 지냈다.

그마저도 아이들의 공간으로 채워져 버린 작고 남루한 이 공간에서
오늘도 나는 시시한 기쁨을 맛본다.

당신에게 집안일이란?

1. 밥

2. 설거지

3. 빨래

4. 청소

SALE

4장

1㎜의 성장

♬ 이루미

문이 '존재 자체'라면 문고리는 '존재의 감정이나 느낌'이다
존재의 '감정이나 느낌'에 정확하게 눈을 포개고 공감할 때
사람의 속마음은 결정적으로 열린다.
공감은 그 문고리를 돌리는 힘이다.

본다 느낀다 적신다

'내가 원하는 삶은?'
이 질문을 시작으로 나는 틈틈이
내 몸과 마음을 깨운다.

그 몸과 마음이 원하는 삶,
만족하는 삶이 그려진
책을 펼친다.

본다
느낀다
적신다

그렇게 원하는 삶에 머물며
가랑비에 옷 젖듯
그 느낌을 내 마음에 적신다.

♬ 이윤정

홀로 있음의 가치

언제나 그런 것은 아니지만
대체로 나는 혼자 있는 것을 좋아한다.

혼자라면 무엇을 하든 어디에 있든
나다움이 맘껏 발현될 수 있으므로.

집안일이 많거나 스트레스가 많을 때,
유난히 아이들이 힘들게 할 때,
남편에게 그만의 공간을 내주어야 할 때,
누군가와의 관계에 힘들 때,
나의 몸과 마음이 온전히 혼자이고 싶을 때,
나는 더욱 혼자여야 한다.

누구보다, 예쁜 공간에 대한 탐욕이 있는 나에게
혼자지만, 잠시지만, 어느 공간에 머무르는지는 정말 중요하다.

공간이 주는 힘은 누구에게나 적용되지만
별다를 바 없는 일상 안에 머물러있는 주부들에게는 더욱 그러하다.

혼자 할 수 있는 많은 것들을 경험하고 싶다.
오늘도 나는 혼자를 꿈꾼다.

행복한 어른이 된 비결

어린 시절을 시골에서 보낸 나는
구슬치기, 딱지치기, 쥐불놀이,
강에 들어가서 다슬기 줍기, 들판에서 삘기 뽑기,
산딸기를 따 먹으며 어린 시절을 보냈다.

'실컷 놀아본 아이가 행복한 어른이 된다'는
책 제목처럼 나는 어른이 되어도 잘 논다.

손으로 하는 놀이, 교구 놀이
자연물을 이용해 노는 놀이
모두 내가 좋아하는 놀이들.

놀이를 하면 진짜 행복하다.
그렇게 난 행복한 어른이 된 것 같다.

미덕
함께여서, 미덕이랑 함께여서 뭐든 가능하지~
고마워~~~ 끝까지 손잡아줘서~^^♡♡♡
오후 3:13
미덕
덩말 감따 합니다
니가 있기에 내가 날아올라 얼마나 든든한지~*^^♡♡♡
사랑해요
오후 3:14
늘 감사함, 고마움, 할 수있어, 너니까, 뭐든 다 괜찮아, 늘 옆에 있어줄께 하는 너에 마음과 사랑 그리고 배려, 이해심, 무엇보다 내게 큰용기를 주는 미덕이 덕분에 하루가 금같아~~ 나 참 진심으로 삶을 애쓰고 있거든 ㅎㅎ
오후 3:17
미덕
ㅎㅎ 미투♡♡♡♡
오후 3:18

멘티, 멘토 나는 어떤 역할을 하고 있는가?

함께여서 가능하다고 감사하다고
한결같이 표현해 주는 친구가 있다.
매일 나에게 사랑을 듬뿍 주고
매일 나에게 신체영역들을 깨워주고
옆에서 한결같이 손잡아준 친구가 있다.
우리의 우정은 26년이다.

책을 통해 친구와 찐 소통을 한다.
정말 새로운 경험으로 성장하는 나를 발견한다.
그녀의 사랑을 난 충분히 넘치게 받고 있다.
생각한다. 표현한다.

나는 과연 멘티일까? 멘토일까?

가정주부로서는 멘토가 지인들 앞에서는 멘티가
부모님 앞에서는 멘티가 딸, 아들 앞에서는 멘토가
나이를 먹으며 깊이를 알아가는 것처럼
누구에게든 멘티, 멘토가 될 수 있다.

상대를 인격체로 보고 나를 낮추며
모르는 걸 인정하는 순간 하나가 된다.

배움 그 자체이다.

난 대충하는 사람이다

난 한 번에 완벽하게 하거나 끝까지 파고들지 못한다.
대충하고 빨리 끝낸다.

내가 무언가를 끝낼 때 사람들이 자주 하는 말
"벌써 끝났어?"

한 번에 완벽하게 하려고 오랜 시간 집중하면 싫증이 나서
다음엔 절대 안한다!
그래서 난 자주 반복한다.

- 삶의 방향에 대해 100일 쓰기가 아니라 → 100번 쓰기
- 1일 1개 버리기가 아니라 → 내가 그려놓은 집이 되기까지 계속 버리기
- 매일 요가가 아니라 → 할 수 있을 때 즐기며 요가 하기
- 1년 150권이 읽기가 아니라 → 읽고 싶은 책 재미있게 자주 읽기

어리바리하고
집중하지 못하고
꼼꼼하지 못하지만
난 내가 좋다.
적당히 타협할 줄 알고 끈기 있는 내가 좋다. ^^

♬ 윤정근

2020. 07. 08. 수 221일차

Date. / /

이제 당신은 이 바보 열차에서 뛰어내려야 한다. 그리고 새로운
열차로 갈아타야 한다. 세상에 존재하는 모든 교육 시스템 중에서도
가장 강력한 교육 시스템이 이미 당신안에 있기 때문이다.
그것은 독서와 사색을 통해 스스로 깨우치는 자기교육 시스템이다.
그렇다면 어떻게 자기교육을 해야 할까?
첫째, 당신의 두뇌로 하여금 이제껏 받은 교육이 세계 최악의 수준이
었다는 사실을 깨닫게 해주어라.
둘째, 당신의 두뇌 안에 새로운 생각 시스템이 자리잡게 해야 한다.
셋째, 생각회로를 천재들의 생각 시스템에 접속해야 한다.
넷째, 진정한 의미의 자기교육을 시작하라. 자기교육은 평생에 걸쳐
서 해야 한다. 어떤 사람들은 이렇게 생각할지도 모르겠다. '이렇게
어려워 보이는 일을 평생 동안 하라고? 그건 내게 너무 무리일 것 같아.'
아니다, 그렇지 않다. 사실 인문학 공부는 굉장히 쉽고 재미있기 때문이다.
사실 인문학이라는 것은 도구에 불과하다. 우리로 하여금 '생각'하게 만들
어주고, '행복'에 이르게 하는 도구. 만일 우리가 생각할 수 있고
행복할 수 있다면 인문학이라는 도구는 잊어버려도 된다.

-생각하는 인문학-

매일 책을 읽고 필사를 하면

나는 인생이 35살 이전과 이후로 나뉜다.
그것을 나누는 기준은 독서다.

35살 이전의 독서는 내 일과 관련된 책이나 육아에 관련된 책을 읽는 것뿐이었다. 가끔 자기계발서를 읽기는 했지만 나와는 다른 사람들 이야기라며 대충 읽고 덮기 바빴다.

그러다 인생의 침체기를 맞이했고 침체기를 벗어나기 위해 독서를 선택했다. 그리고 읽었던 대부분의 책들이 자기계발서였다. 1년 반가량 100권 넘는 책을 읽으며 간간히 필사를 하고 블로그에 리뷰포스팅을 하기 시작했다. 처음엔 이런다고 뭐가 달라지기는 하는 걸까? 의문을 품었지만 정말 삶의 변화가 간절했기에 포기하지 않고 책을 읽었다.

그리고 서서히 생각의 전환을 하기 시작했고 생각이 바뀌니 행동도 바뀌기 시작했다. 어느 순간은 왜 이제야 책을 읽게 되었는지 후회도 했지만 지금이라도 읽게 되서 너무 다행이라는 생각도 하며 책을 읽었다.

그리고 3년이 지난 지금 3년 전과는 너무 다른 일상을 살고 있고, 책을 쓰는 것과 같이 상상도 하지 못할 일들이 일어나기 시작했다.

♬ 이루미

난 나이만 늘지 않았다

시간이 흐르며
난 나이만 늘지 않았다.

살도
주름도
기미도 함께 늘어만 갔다.

팩할 시간도
피부 관리 시간도
누군갈 만날 시간도 없이 바쁜 나였다.

그런 내게 10분 미용 팩 투자는
나를 돌아보는 여유의 시작으로
내 얼굴을 넘어 삶을 물오르게 했다.

반짝이고 있는가?

나는 액세서리를 사랑한다. 특히 귀걸이를 사랑한다.

결혼해서 세 아이들을 낳고 여자보다는 엄마로서의 삶을 살아가면서
보여지는 많은 것들을 하나둘씩 포기하게 되었다. 화장은 가볍게.
헤어스타일은 언제나 짧은 단발. 손발톱도 언제나 짧고 단정하게. 예쁜
가방을 메는 날들보다 아기 띠를 하고 무언가를 해야 했던 날들이 생각보다
오래 지속 되면서 나의 몸치장은 내 생활에서 우선순위가 될 수 없었다.
보정속옷을 기피하게 되었고, 편하고 몸에 좋은 소재에 집착하게 되었다.
결정적으로, 고무줄 바지의 세계에 입문하면서 나의 패션은 확실히
이전과는 달라졌다. 아기를 낳으면 묘하게 체형이 망가진다더니 나 역시
예외는 아니었다.
간소한 몸치장이 훨씬 자연스럽고 편하게 느껴지는 나이가 되었지만
단 하나, 포기하지 않는 것은 바로 귀걸이다.
나는 화려하고 볼륨감이 있는 귀걸이가 매우 잘 어울린다. 액세서리를
직접 만들기도 하므로 누구보다 나는, 나의 취향을 잘 알고 있다. 그 어떤
기성품보다, 고가의 보석들보다 내가 만든 액세서리들은 나를 빛나게 했다.
가벼운 화장을 했으므로 화려한 귀걸이가 잘 어울렸고, 목선이 드러나는
짧은 단발은 귀걸이가 가장 잘 어울리는 헤어스타일이라는 것을 알게
되면서 나의 귀걸이 사랑은 더욱 탄력을 받았다.
오래도록 그러고 싶고, 그렇게 할 것이다.

오늘도 나는, 귀걸이를 한다.
나는 반짝이고 있는가?
문득, 궁금해진다.

♬ 이진숙

커피를 찾지 않게 되다

의식적으로 물을 챙겨 마시지 않으면
하루에 많이 마셔야 두 잔일 것이다.

세계보건기구 WHO의 하루 물 섭취량은
1.5ℓ~2ℓ 라던데 내 섭취량은 부족한 양.

아침에 일어나 마시고 틈틈이 마신다고 해도
물만 마시는 건 힘이 들었다.

그래서 새싹보리를 섞어 마시기도 하고
가지청을 섞어 마시기도 한다.

물 2ℓ를 마시며 가장 큰 변화는
커피를 찾지 않게 된 것이다.

하루에 2~3잔을 마셨는데
가끔 한 잔 마시는 정도로 변화가 왔다.

피부에도 좋고 다이어트에도 좋은 물 마시기.
충분한 수분 섭취로 나를 아껴보자.

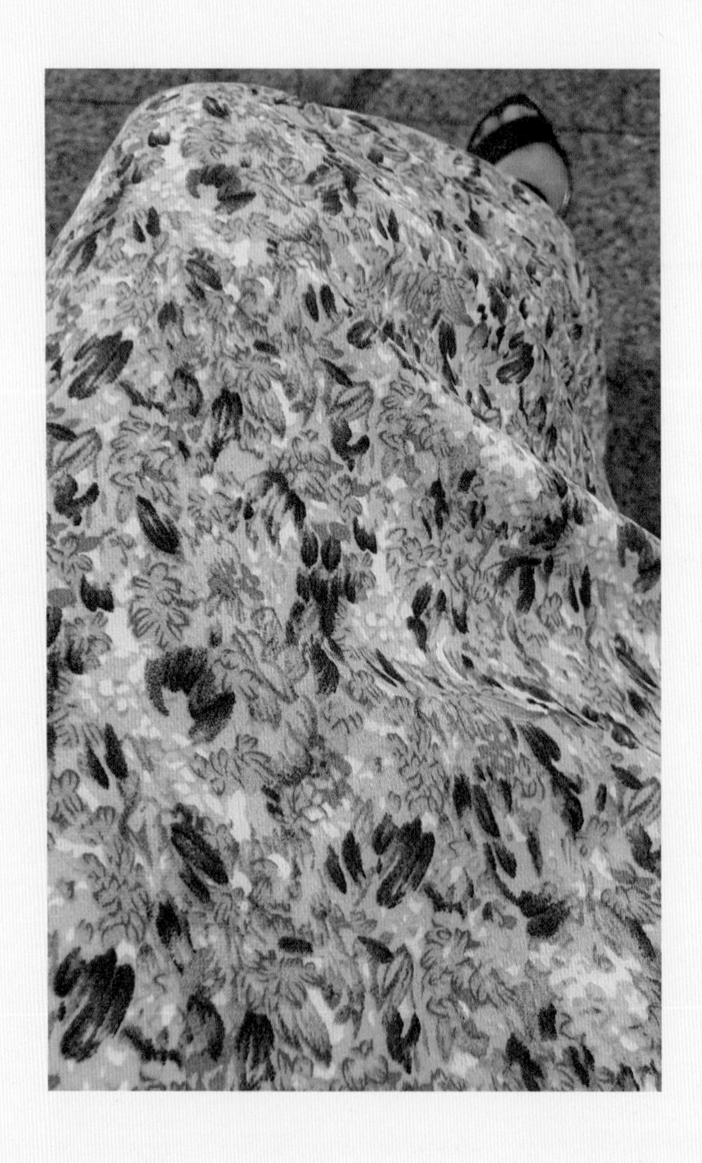

내 안에 여자 있다

치마보다 바지를~
원피스보다 롱 티를~

더운 여름이 와도 바지를
좋아하고 즐겨 입었다~

요즘~ 자꾸 치마에 눈이 간다.
입고 싶어진다.

소소한 모습으로 나의 행복을 얻을 수
있다면 기꺼이 기꺼이 허락하겠노라고

치마를 입고 마냥 신난 어린아이처럼
들뜬 마음으로 출·퇴근하는 시간이 너무 좋다.

오늘도 난 내 안에 예쁜 여자를 만나기 위해
치마를 입었다.

그래… 내 안에 여자 있다~

나만의 노래가 있는가?

아들: 엄마가 거울 보면서 하는 노래 불러주세요. 도라에몽 브이아이 ♪♪♬

엄마: 아! 그거?

브이라인~ 동안 미모~ 난 사랑받기 위해 태어난 사람.

소중한 사람. 아름다운 사람. 멋있는 사람♪♪♬

아들: 난 그 노래가 좋더라.

나의 자존감을 높이기 위해 화장할 때 손가락으로 볼을 튕기며 스스로에게 주문처럼 외웠던 저 말에 리듬을 붙여 부르니 내 아이에겐 노래로 들렸나보다.
엄마가 즐겁게 흥얼거리는 노래! 내 아이는 엄마를 떠올렸을 때 기분 좋은 모습으로 자신의 얼굴을 톡톡 두드리고 노래를 흥얼거리는 모습인가보다.

나만의 노래를 만들어서 기쁘고, 그 노래로 내 기분이 좋아지고,
우리 아이도 노래를 들으면 기분이 좋단다.

좋다 좋아. ^^

♬ 윤정근

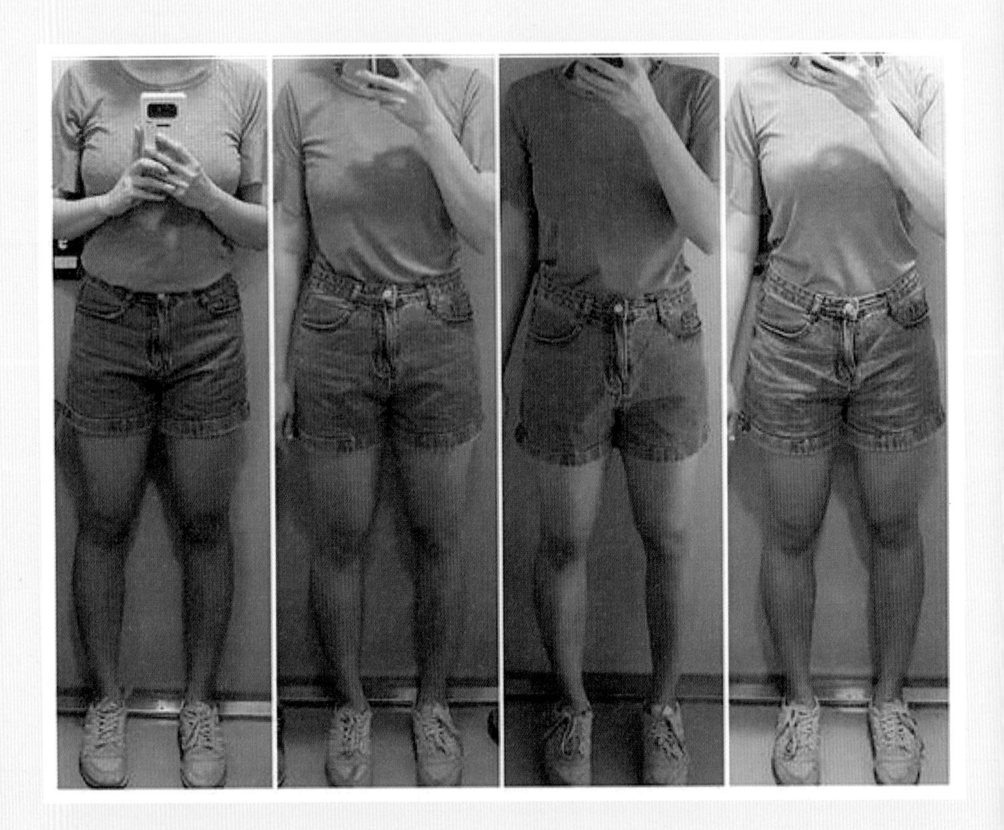

매일 체중을 기록하면 달라지는 것들

2018년 10월의 어느 날,
매일 아침 일어나 공복 체중을 재고 체중을 기록하기 시작했다.

매일 체중을 기록하면서 현재의 나를 직시하게 되었고
아무 것도 하지 않아도 점점 늘어나는 내 체중을 어떻게 하면
줄일 수 있을지 생각을 하게 되었다.

체중기록을 통해 식단 기록, 운동기록까지 하게 되었고
그리고 1년하고도 몇 개월이 지난 지금 나는 10kg정도를 감량했다.

무엇보다 체력이 엄청 좋아져서 항상 작심삼일로 끝나던
의지박약쩌리에서 프로꾸준러로 진화했고, 블로그 포스팅과
온라인 모임을 통해 또 다른 새로운 경험들을 하기 시작했다.
나만의 온라인모임을 기획한다던지 책을 쓰는 일 같은 것들이다.
생각만 했던 것들이었는데 하나씩 이루어져 가고 있다.
그리고 점점 예뻐지고 있는 나를 보게 된다.

매일 체중을 적었을 뿐인데 1년 반이라는 시간 동안 많은 것이 달라졌다.
변화는 아주 작은 것에서부터 시작된다는 말을 이제야 알 것 같다.

내게 국민체조란?

국민체조는 내 몸의 은인이다.
학창 시절 조회시간에 늘 지루하게 했던 국민체조가
내 몸의 은인이 된 건 39살 둘째 임신 중기 때였다.

노산에 일까지 하니 허리가 갑자기 삐끗!
그 이후 일어나자마자 '나 이제 움직여'라고
나의 머리부터 발끝까지 국민체조로 신호를 보냈다.

이· 럴· 수· 가··· 그 이후 중기 때부터 지금까지
특히 둘째 출산 때는 첫째 때 아프던 허리가 멀쩡했다.
내가 국민체조를 예찬하는 이유는 바로 이 때문이다.

미리 보내주는 신호로 존중받은 몸은 꼭 보답을 한다.

♬ 이윤정

걸음이 날 살렸다

걷기를 매일, 신성한 의식을 치르듯이 하게 된 건 지독한 허리 통증이
시작되었을 때부터이다. 연년생으로 둘째 아이가 태어난 후부터였다.

남편은 늘 바빴고, 누구에게 도움을 받으며 아이를 키울 수 없는 상황에서의
허리 통증은 나의 몸과 마음을 마구 헤집어놓았다.

힘들게 시간을 내서 병원을 찾아도 물리적인 치료들은 다 한계가 있었고
결정적으로, 지속성이 없었다.

절박한 심정으로 시작한 걷기가 효과를 나타내기 시작한 건
꾸준하게 걷기 시작한 지 오 년이 넘어서부터였다.

허리가 덜 아프기 시작하면서 일상의 많은 것들이 빠른 속도로
제자리를 찾아갔으며, 나의 자존감은 나날이 높아졌다.

단순한 걷기가 우울과 자기 연민에 허덕이던 나를 꺼내주었고
일상의 모든 것들이 다른 느낌으로 다가옴을 알게 했다.

세상이 나에게 말을 걸기 시작했던 것이다.
삶이 펼쳐지는 느낌이 무엇인지 걸으면서 알게 되었다.

걸으면서 느끼는 희열은 아직도, 매일, 짜릿하다.

나는야, 조선 왕릉의 주인

왕릉은 어쩜 그렇게 똑같은 곳 하나 없이
모두 다른 모습을 하고 있을까?

많은 곳을 다녀보아도 같은 곳 하나 없이
아이들과 다른 그림 찾기 하듯
하나씩 찾아보는 재미가 있는 곳이다.

확~ 트인 곳에서
꽃, 나무들과 새소리를 들으며 걸으면
내가 마치 조선 왕릉의 주인이 된 듯한 느낌이 든다.

계절마다 나에게 보여주는 모습이 다르고
나에게 들려주는 이야기가 다르고
내가 아이들에게 하는 이야기도 달라진다.

내 마음을 건강하게 해주는 이곳이 나는 좋다.

♬ 이정화

내가 중요한 만큼 내 시간도 중요하니까

코로나가 길어짐으로 인해
신체 모든 리듬에 변화가 생겼다.

바깥 공기보다 공기청정기를
대면보다 줌 회의로
마스크는 일상이 되어버린 지금

운동 부족으로 건강을 챙기지 못한 나에게
잠시 쉬어갈 수 있는 여유가 생겼다.

감사함으로 맞이하는 매일
넓은 세상을 향해
용기를 내어 웃어본다.
그리고 이야기한다.

덕분입니다~~^^

♫ 소라

사무직이 요가 재능기부 하게 된 계기요?

아침 7시 어린이집 원장님 댁 초인종을 누르며 하루를 시작한다.
어린이집에서 가장 늦게 하원 하는 우리 아이는 엄마가 장 보는 사이 잠이 들었다. 잠든 4살 아이를 업고 장바구니, 유치원 가방, 핸드백을 든다.
엘리베이터 없는 4층 계단을 7센티 뾰족 구두로 오른다. 체력은 자신 있던 나인데 처음으로 겁이 났다.
'이렇게 계속되면 계단에서 둘 다 굴러 죽·겠·구·나'

주말부부라 남편에게 불평해도 소용없었다. 내 체력은 내가 키워야 아이를 사고 없이 키울 수 있었다. 운동을 꼭 해야만 했다. 조건이 있었다. 퇴근 후의 시간은 온전히 아이와 함께 하고 싶었다. 엄마 품이 필요한 아이에게 그 시간까지 뺏고 싶지 않았다. 그럼, 새벽 시간, 그러나 엄마 없으면 깨는 아이를 두고 밖에서 하는 운동은 빼고. 그래서 선택한 것이 옥주현의 요가 DVD였다. 3개월 정도 따라하니 한 동작 마다 버티는 힘이 생겼고, 요가를 하며 몸으로 느낀 것들이 궁금해져 책을 샀다.

요가를 책으로 깊이 배웠다. 혼자 수련하는 새벽 4시 30분이 기다려졌으며 내 몸을 알아가는 기쁨이 참 컸다. 잠을 많이 자야 피곤이 풀린다고 생각하며 살았는데 요가를 하니 잠을 적게 자도 피곤하지 않았다. 오래 앉아있는 일을 10년 넘게 하니 골반 불균형으로 주기적으로 골반교정을 받고 손목터널증후군으로 침도 맞아야 했다. 요가를 한 후 자연스럽게 치유되었고 목과 어깨가 아픈 것도 말끔히 사라졌다.

2년 정도 혼자 요가를 하니 나처럼 운동할 수 없는 환경에 있는 엄마들에게 혼자서도 충분히 할 수 있다고 알려주고 싶은 마음이 생겨 전문가 과정에 도전했다. 그리고 나만의 방식으로 가르치게 되었다.

요가는 아이 돌보면서, 설거지 하면서, 청소 하면서, 놀이터에서, TV 보면서도 할 수 있고 그 시간도 없다면 침대에서도 할 수 있다. 내 체력은 내가 챙겨야 하고, 속 근육이 생기면 힘이 덜 든다는 것을 주부들에게 알려주고 싶었다. 나 자신은 어떠한 상황에서도 운동을 할 수 있고 어떤 모습도 사랑하고 사랑받기 충분한 존재이다.

걷기 달리기를 통해 알게 된 것들

매일 걷는 일이 발목이 아프다는 핑계를 대며 나는 못하겠다고 계속 미루던 일 중에 하나였다. 그러다가 운동은 해야 될 필요성은 느끼는데 시간과 장소의 제약이 없고 비용도 안들이며 평생 질리지 않고 할 수 있는 운동을 찾았더니 그것이 걷기였다.

내가 원하는 조건의 운동은 걷기밖에 없다는 것을 인정했다.
그리고는 2019년 6월부터 하루 3㎞씩 동네를 걷기 시작했다.
생각보다 걸을 만했다.
점점 거리를 늘렸다.
그렇게 5㎞까지 늘려 걸었다.

그런데 같이 운동하는 언니 중에 5㎞를 뛰는 언니가 있었다.
나는 5㎞ 걷는데 1시간 걸릴 것을 그 언니는 뛰니까 30분 걸린다.
나도 시간을 줄이고 싶다,라는 충동이 들었다.

그렇게 나도 뛰기 시작했다.
처음엔 100m… 200m… 내가 할 수 있는 만큼만 뛰었다.
그러다 보니 어느 순간 1㎞를 쉬지 않고 뛰고 있는 나를 발견했다.

그리고 알았다.
나는 달리기도 할 수 있는 사람이었다는 것을…

당신의 1㎜ 성장의 비결은?

1. 똑똑 센스 비결

2. 이쁨 뿜뿜 비결

3. 튼튼 발랄 비결

SALE

5장

나의 빛나는 명함들

언제나 빛나는
사람에게

대통령도 부럽지 않을 기쁨

아내로
엄마로 있던 내가

가장 가까이서 또는 동네라도
친구들이나 다른 모임에서라도
진심어린 인정과 관심 받으면
대통령도 부럽지 않을 기쁨이다.

장기전인 내조와 육아 중에
순간 순간의 관심과 인정은
내 삶의 햇살과도 같다.

나는 나입니다

결혼을 하고 아이를 낳고
○○엄마로 불리는 것이 몹시 불편했다.
나는 윤정근이라는 사람인데
내 자신을 잃어버리는 것 같은 기분이 들었다.

그래서 내 이름으로 불리기 위해
나 자신으로 살아가기 위한 노력을 하기 시작했다.

내가 느끼는 결핍은 바꿔 말하면 내가 원하는 것이라고 한다.
내가 느끼는 불편함으로 내가 원하는 걸 찾기 시작했고
그렇게 찾아가는 중이다.

나는 김치입니다

성장과 비슷한 김치

— 막 담갔을 때

변화하려고 이것저것 넣고 내 것도 아닌 걸 섞어 막 버무린다. 내 것이 아닌 것들이 나를 둘러싸고 있어 모습이 어색하다. 배추들은 말한다.

'무슨 맛이 나겠어? 흔한 맛. 내가 아는 맛이겠지.'

"신선하고 새롭네." "그런데 깊은 맛은 없어." "넌 배추가 나아."

— 미칠 때

어설픈 시기여서 맛과 냄새가 이상하며 잘못 보관하면 먹지 못하고 버려야 한다. 잘못된 방향으로 성장하면 망한다. 그냥 배추 시절이 낫다.

— 숙성의 시기

기다림의 시간은 참 길다. 이 시간은 아무도 찾지 않는다. 춥고 어두운 곳에서 현실을 받아들이고 있어야 한다. 그러나 난 변화하고 있다. 느끼지 못할 정도로 천천히 유산균(새로 맺은 관계)들로 인해 변화한다. 나만의 맛이 난다. 배추들이 말한다.

"나도 해볼 걸." "넌 처음부터 이런 맛이었어." "그럴 줄 알았어."

— 또 새로운 김치를 담근다.

나만의 비법이 있어 언제나 맛있고 이번엔 새로운 재료를 넣어 보는 도전을 한다. 많이 경험해서 재료의 궁합을 안다. 성공한 사람들의 재료와 나만의 재료로 특별한 사람이 된다. 바로 '나'가 되는 것이다.

♬ 이정화

나는 이곳에서도 엄마입니다

어쩌다 보니 보육교사
그토록 원하던 자격증이 내 손에 들어왔네.

간절했던 시기의 내 마음과
지금의 내 마음의 온도 차가 있다.

나를 바라본다. 느낀다. 생각한다.
내가 성장한 만큼 온도 차가 있다는 걸 깨달았다.

온 마음의 에너지로
아가들과 상호작용을 하고

그 진심이 부모님들께 느껴지니
지금의 내가 마냥 좋다.

♫ 이진숙

네가 못하는 게 어디 있어?

난 내가 물건을 파는 영업을 할 거라는 생각은
결코 해본 적이 없었다.

아뿔싸! 갑자기 핸드폰 매장을 하겠다는 신랑.

난 평소에 잘 하던 일이 아닌 새로운 일이라
출근할 때마다 긴장감에 자존감이 뚝뚝 떨어졌다.
그러다 보니 이런저런 핑계로 피하고만 싶었다.

그러던 어느 날 매장에 들어가기 전
작아진 내게 주먹을 꽉 쥐며 외쳤다.

"네가 못하는 게 어디 있어?
넌 할 수 있어. 한번 해보자 이진숙!"

마음먹기가 달라지니 매장을 들어가는 발걸음도
손님을 대하는 자세도 적극적으로 바뀌었다.

이제 시작인데 다른 판매사들과는 다른 방법으로
손님들을 맞이해야겠다. 나는 할 수 있다.

내 마음가짐부터 바꾸자!

♬ 이윤정

나를 만나는 기쁨

오랜 가정보육으로 몸과 마음이 지쳐간다. 힘들다. 정말.
손 놀이를 해야겠다.
자타공인 똥 손이었던 나는 똥 손 콤플렉스에서 자유롭고 싶었다.
신경 안 쓰면 그만인데, 나는 그게 잘 안되었다.

이십 대 후반,
십자수를 시작으로 조심스럽고 수줍게 핸드메이드의 세계로 들어갔다.
무엇이든 열정이 있었던 나는, 곧 그것들과 사랑에 빠졌고
세월이 쌓이는 만큼 내가 만들어낸 것들의 깊이도 깊어졌다.

그러나 핸드메이드의 가치가 더 빛나게 되었던 건
독박 육아와 허리 통증으로 고통 받던 때였다.
나의 아픔과 슬픔은 고스란히 나의 작품에 반영되었고
나와 비슷한 처지에 놓여있었던 다른 이들의 마음도 흔들어 놓았다.

몸과 마음의 우울을 잠시나마 잊어보려고 했던 나만의 놀이가
나를 살렸고, 많은 사람들과의 연결고리가 되었고,
나를 세상 밖으로 끌어내 주는 계기가 되었다.

나의 취향이 반영되는 것들을 만들어내는 건 정말 멋진 일이다.

♬ 이루미

보고 싶다

엄마…
아마도 내가 연기자였다면 눈물약 없이도
이 한마디로도 난 금방 울 수 있을 것 같아.

엄마…
마음이 추워지는 날 별다른 사랑 없이도
이 한마디로 난 금방 가슴이 따뜻해질 것 같아.

엄마…
그냥 불러보는 건 괜찮지?
그냥… 곁에 있어주지 못해도 괜찮아.
불러보는 것만으로도 큰 힘을 주고 간 사랑이었으니까…

엄마…
보고 싶은데 참을 수 있어. 안고 싶은데 참을 수 있어.
많은 것 함께 더 하고 싶은데 충분히 참을 수 있어.
막내 괜찮아. 엄마도 우릴 위해 더 힘든 것도 참아냈잖아…

엄마…
그냥 불러보는 거야 그냥…
안 계셔도 그건 맘껏 해도 되잖아.

저 하늘에서도 가슴 아파하실까 싶어
사랑한다는 말 다음으로 젤 하고 싶은 한마디를 아껴요.
엄마는 더 그러실 테니까…

엄마가 내게 남긴 마지막 말이 되어버린
그 말 그 마음…

부모님에 대한 원망에
사로 잡혀 살았던 시간으로부터

나는 집안의 첫째이다. 그런데 딸이다.
내 이름이 정근인 것은 태어나지도 않은 내 이름을 아들이길 바라는 마음으로 지어놓고 태어나서 보니 딸이라 이름도 안 지어준 할아버지 덕분에 내 이후로 태어나는 아이는 아들이길 바라는 마음으로 내 이름을 정근이라 지었다고 한다.

그리고 엄마 아빠는 아들이 없어서 그러는 거라는 말도 안 되는 핑계를 되며 자주 싸웠다. 그렇게 나는 삐뚤어진 채로 청소년기를 보내게 되었다.
그리고 그 원인을 다 부모님에게 돌렸다.
그래야 마음이 편했으니까…

그리고 그게 당연하지 않다라는 걸 35살에 책을 읽으면서 깨닫게 되었다.
벌어지는 상황은 내가 선택한 것이 아니지만 그 상황 안에서의 행동은 내가 선택할 수 있다라는 말이 나를 옥죄고 있던 피해망상에서 벗어날 수 있게 해줬다.

그리고 진심으로 지금까지 키워주신 부모님께 감사한 마음으로 살고 있다.
그랬더니 이제는 내 이름이 좋다. 모든 닉네임에 내 이름을 쓰는 이유가 되었다.

우리 엄마가 달라졌어요

14살 이후엔 소녀 가장처럼 살던 내가.
칭찬 받고 싶은 착한 내가.
첫째이니 엄마 일을 도와야 했던 내가.
일을 많이 해봐서 시키지 않아도 일을 찾아 했던 내가.

딸을 낳으면 난 그러지 않겠노라 다짐했다.
내 딸에게 넌 귀한 존재라고 공주처럼 대하니
엄마가 날 공주처럼 대한다.

처음이었다. 엄마에게 귀한 존재라고 느낀 것이
엄마도 첫 번째로 얻은 자식인 나를 공주처럼 키우고 싶으셨겠지.
사랑한다고 하루에도 수백 번 말하고 싶으셨겠지. 딸에게

이젠 나에게 엄마는 여왕이다.

♫ 이정화

누구의 엄마이기 전에 딸입니다.

무조건으로 이름을 불러주는 누군가가 있다면?
누구일까 생각해본다.

부모님이다.
있는 그대로 바라보고 인정해주는 부모님

사랑 가득한 엄마의 목소리로
"사랑하는 딸, 정화야" 하며 나를 반겨주신다.

나도 부모이기 전에 누군가의 딸이라는 걸
매순간 알게 된다.

내가 우리 아이들 이름을 부르는 것만큼 가슴 벅차고
사랑의 심장 소리를 들은 적이 있던가?

엄마는 나의 예쁜 이름을 부를 때
얼마나 기쁘고 설렐지 부모가 돼서야 알게 되었다.

♬ 이진숙

엄마, 하늘을 당겨보세요

큰아이 6학년 1학기 공개수업 시간
계속 울리는 전화를 끊고 또 끊자 문자가 왔다.

'할머니 돌아가셨어.'
그렇게 갑자기 보내드렸던 우리 할머니…

아침 산책을 하던 어느 날,
하늘을 보며 내 둘째 아이가 이렇게 이야기한다.
"엄마, 핸드폰 줌으로 하늘을 당겨보세요."

난 100배 줌이 되는 핸드폰을 들고 물었다.
"왜? 될까?"

아이는 하늘을 보며 말했다.
"줌으로 당기면 노 할머니랑 이야기할 수 있을 것 같아서요.
하늘에 할머니가 계신 거죠?"

아이의 말에 할머니가 내 가슴에 와 닿아
나도 모르게 눈물이 났다.

그렇게 난 마음뿐 아니라 스마트폰을 통해서도
할머니와 많은 이야기를 나눌 수 있었고
그런 이유로 하늘을 더 자주 올려다보게 되었다.

♫ 이윤정

엄마의 꽃 편지

엄마에게서 사진이 첨부된 메시지가 왔다.
얼마 전, 양쪽 눈 모두 백내장 수술을 받고 회복 중이셨다.

눈이 밝아지니 마음이 밝아져서 그런가?
모든 것들이 예뻐 보여.

지극히 당연하고 평범한 문구에 마음이 쿵 내려앉는다.
전날 남편과의 심한 말다툼으로 나는 몸져 누워있었다.

나의 마음 역시 조금 밝아졌다.
엄마 덕분에 말이다.

나의 힘든 마음이 엄마에게 느껴졌던 걸까?
아직은 엄마이기보다 딸이고 싶을 때가 있다.

오늘은 꼭 엄마의 목소리를 들어야겠다.

♬ 이루미

내 마음을 받아줘
사랑하는당신
사랑하는당신
10번째 어버이날을 맞이한 것에
감사드립니다. 어느덧 세월이
흘러 두아이의 부모가 되었군요.
아이을 낳을 때의 산고와 육아의
스트레스를 많이 헤아리지 못하여
미안합니다. 항상 고맙고
감사하며 사랑하는 마음으로
살겠어요.
당신 덕분에 부모가 되어
어버이날을 보낼수 있음에 다시
한번 감사함을 전합니다.
P.S 손으로 편지를 썻으나
알아보기 힘들것 같아 카톡으로
보내오. 사랑하오.
오전 10:00
어머... 대박 반해버림~^^
덕분에
살맛 행복맛 기쁨맛
가득 느낍니다.
감사합니다
감동가득입니다
사랑합니다
당신을 존경함으로
사랑하는 아내드림

대화… 그 시작과 끝

"사랑해요."

우리 부부는 서로의 전화를 받을 때
마음으로 또는 말로 "여보세요" 대신
"사랑해요"로 통화를 시작한다.
그 이후 대화는 더 사랑 돋는다.

"고마워요."

전화를 끊을 땐
그 모든 것에 대한 감사한 맘을
"끊을게요" 대신 "고마워요"로 전한다.
덕분에 통화가 끝나도 충만함은 계속된다.

나는 남편에게 사랑받는 아내이고 싶다

나는 남편을 정말 사랑했고 좋아했고 그만큼 의지도 많이 했다.
8년을 연애하면서 빨리 결혼하고 행복하게 살고 싶었다.
그리고 8년 연애 끝에 결혼한 지 올해 딱 10주년.
그간의 시간이 행복하기만 했다면 그건 거짓말일 것이다.

결혼 전 열정적으로 사랑했던 마음이 결혼을 하고 아이를 낳고
경제적으로 힘들어지면서 작아지기 시작했다.
어느 순간 왜 이렇게 살아야 하나라는 의문이 생기기 시작했고
아이 때문에 참고 살기엔 내 인생이 너무도 불쌍하게 느껴졌다.

내가 힘든 만큼 남편도 힘들 거라고 위안 삼으며 그렇게 참고
참으면서 살다가 얼마 전에 위기가 찾아왔다.

결혼한 지 10년 만에 저 깊숙한 곳에 꼭꼭 묻어두었던 속내를
모두 다 드러냈다.
바닥을 보이자 오히려 마음이 홀가분해졌다. 그리고 나는 여전히
남편에게 사랑받는 아내로 살고 싶어 한다는 것을 알게 되었다.

나는 남편에게 사랑받는 아내이고 싶다.

다시 태어나도 당신과 결혼할래요

나의 양면성&다양성의 공존을 인정하며 살려 합니다.
한 가지의 나와 선입견과 고정관념을 깨고
선(善)이 있지만 악(惡)도 있고
좋음이 있지만 나쁨도 있고
내가 있지만 너도 있고
이 반대 개념들을 흡수하며 살려 합니다.

이걸 알게 되기까지 당신의 이해가 있었지요.
당신이 안전한 받침이 되어주었지요.
그래서 저도 당신처럼 이해하고 공감하며 살려 합니다.

악(惡)보다는 선(善)함이 더 많고 다양하지만 올곧음이 더 많아
밝고, 명쾌하고, 따뜻하고, 단순하고, 숭고하여 진리에 다다르며 살려 합니다.

소중한 남편

아직도 남편을 보면 설레는 한 사람이 있다.
함께 동고동락한 지도 22년이다.

나에게 마음 채워주기 대화 1분을 하며
긍정적인 언어와 시선으로 내 마음을 채워준다.

이 남자 옆에 있으면
뭐든 다 주고 싶은데,

이 남자 옆에만 서면
나는 늘 작아지는 느낌이 든다.

나에게 묻는다.
내가 당당하고 즐겁게 살기 위해 어떻게 해야 하는지?

♫ 이진숙

남자와 여자가 만나서

열네 살 남자는 여자를 처음 만났다. 친구의 여동생
단발머리, 흰 피부, 안경 안 쓰고 착해 보이는 얼굴
남자가 좋아하는 스타일이다.

스물네 살 우연하게 다시 만난 남자와 여자
친정 아빠, 오빠에게서 보지 못한 남자의 자신감에
여자가 반했다. 고백을 했다.

서른네 살 여자는 단발머리, 얼굴엔 기미가 생겼고,
안경을 쓴 착해 보이는 얼굴도 아닌 여자를
남자는 아직도 사랑한다고 한다.

현재 마흔두 살인 그 여자인 나를
그 남자인 내 남편은 어떻게 생각할까?
오늘 밤 물어봐야겠다.

♬ 이윤정

우리가 함께 늙어갈 수 있을까?

바깥일에 매진하는 남자와 집안일이 싫지 않은 여자.

그리고 그들 사이에서 태어난 세 아이들.

얼핏 보면 그럴싸한 우리 가정의 조합은 이렇다.

다른 부부들도 그렇겠지만 우리도 역시 그들처럼, 혹은 그들 이상으로 함께 살아가는 것이 쉽지 않았다.

집안일과 육아에 자발적으로 참여하지 않는 남편과 사는 것은 생각보다 힘들었다. 나는 과도하게 성실하고 까다로웠으며, 그는 가정에서만큼은 아무것도 하기 싫어하는 사람이었다. 나는 변화와 성장을 사랑하는 사람이고, 그는 평화와 변치 않음을 지향하는 사람이었다.

아이들은 하루가 다르게 커갔고 우리 사이의 벌어진 틈으로 일상의 자잘한 염려와 고민들이 흘러들어왔다.

연로해지시는 부모님과 아직은 어린아이들.
경제적인 압박과 이런저런 끊이지 않는 일들.

위기가 닥치면 함께 그 상황을 잘 극복했지만 평온한 일상이 찾아오면 나의 그 자잘한 바람들이 여지없이 올라오며 우리를 힘들게 했다. 그리고 사실, 그런 일상들은 계속 반복 중이다. 우리는 계속 치열하게 다툴 수 있고, 우습게 화해할 수 있을 것이다.

한 가지 달라진 점은 이제 조금은 그가 가여워 보인다는 것. 작은 것에 느껴지는 연민이 때론 뜨거운 사랑보다 의미 있지 않을까 하는 생각이 든다는 것. 그 희미한 느낌을 부여잡으며 오늘도 우리는 함께 살아가고 있다.

우리가 함께 늙어갈 수 있을까?

♬ 이루미

엄마 나랑 동생이랑 누가 더 좋아?

"엄마 나랑 동생이랑 누가 더 좋아?"

"비교할 수 없을 만큼 널 많이 좋아하지.
잘 들어봐. 넌 다윤이보다 7년 전에 태어났어.
달로 표현하면 84개월
일로 표현하면 2,524일
시간으로 표현하면 60,576시간
근데 난 매 순간 널 사랑하니까
초로 표현하면 218,073,600초!

그만큼 널 사랑한 시간이 더 많은 걸~
비교할 걸 비교해야지~*^^♡"

(동생이 커서 묻는다면?)

"이건 비밀인데 언니 마음 안에 엄마 사랑을 이~만큼 넣어두었어.
언니가 엄마보다 너와 더 오래 살며 사랑을 충분히 느끼게 해 줄 사람이니까.
이모들이 엄마에게 그런 것처럼~♡

그리고 언니는 네가 아기집에서 편하게 나올 수 있게 길을 잘
만들어 준 사람이야. 덕분에 넌 더 쉽게 나올 수 있었지.
그게 너에 대한 언니의 최초 사랑이야."

♬ 윤정근

엄마가 된다는 것:
내가 태어나서 가장 잘한 일

태어나서 내가 가장 잘한 일은
엄마가 된 일이다.

엄마가 되고 나서
삶에 대한 태도가 바뀌었고

엄마가 되었기 때문에
내 아이에게 멋진 모습을 보여주고 싶었고

엄마가 되었기 때문에
잘 살고 싶었다.

그래서 삶의 변화를 간절히 간절했고
노력했고 변화하고 있다.

나를 엄마로 만들어준 우리 딸에게
항상 고맙고 사랑한다.

난 아이를 좋아하지 않는다

말이 되어주어야 하고,
곰 100마리쯤 어깨에 올린 것 같은 무게를 종종 느껴야 하고,
기분도 맞춰줘야 하니 똑같은 표정을 지어줘야 하고,
첫 도전에 두려워하면 용기를 줘야 하고,
호기심 발동하여 집중하면 한없이 기다려 줘야 하고,
수영 못하지만 아이를 위해 '인어공주다~'라고 바다에 뛰어들고,
나를 그림같이 남길 수 있는 기회를 박탈당해도 이해해야 한다.
재잘거리는 소리는 천둥소리처럼 들리고,
울음소리는 곡소리처럼 들리고,
"엄마, 이리 와 봐~~"라는 소리는 폭격기 소리처럼 들리고,
웃음소리는 마귀 웃음소리처럼 들린다. 헐…

그런데도 아이들의 좋은 점은
■ 받아들임이 가능하다.
■ 자신에 대해 정확히 안다.
■ 언제나 긍정 에너지라서 함께하면 기분이 좋아진다.
■ 가장 소중한 걸 아낌없이 준다.
■ 엄마의 지식이 바닥인데도 내 이야기를 들어준다.
■ 엄마가 세상에서 제일 예쁘다고 한다.
■ 나에게 사랑을 조건 없이 준다.
■ 세상에 태어나길 잘 했다고 느끼게 해준다.

아이들에게 받은 게 많은 난 아이들에게 주려 한다.

엄마의 두 마음

혼자만의 시간을 즐기기. 커피숍에 앉아 책을 보거나
딸, 아들의 사진을 보며 미소 짓는 평범한 엄마이다.

홍대, 이대로 룰루랄라 발걸음 가볍게
예쁜 투피스가 담긴 쇼핑 팩을 두 손 가득 들고
소소한 행복을 만끽하는 평범한 엄마이다.

문득문득 찾아오는 감정의 손님으로
오늘은 왜 이러지?라는 생각에 허전함과 외로움이
내 마음 물들여 잠시 나에게 집중해본다.

발길을 돌려 집 가는 길 내가 좋아하는 꽃을 사서
스스로 위로를 하니 눈물이 왈칵 쏟아졌다.

쏟아지는 눈물과 함께 내 마음도 젖었다.
엄마니까 엄마잖아. 힘을 내본다.

엄마니까 생기는 감정들~ 어찌 말로 표현을 할까요?

20대에 산부인과에 가야만 했던 이유

산·부·인·과

그곳은 아기 낳을 때나 가는 곳이라
생각할 나이에 난 그곳을 찾았다.

20대 초반 생리통이 너무 심했기 때문이다.
(펜잘을 2알씩 먹어도 가라앉지 않았다.)

자궁 속에는 주먹 크기의 큰 혹이 있었고
수술하면서 난소가 기형인 걸 알았다.
(난소 한쪽은 다 떼고, 한쪽은 2/3만 남아있다.)

그리고
아이를 못 낳을 수 있으니 결혼하게 되면
아이부터 낳으라는 의사 선생님의 말씀…

그 말씀 덕일까?
난 현재 세 아이의 엄마가 되어 있다.

조금은 오래 걸려서 온 아이도 있고,
깜짝 선물처럼 찾아 온 아이도 있었지만
다른 곳으로 가지 않고
내게 와준 아이들에게 진심으로 고맙다.

♫ 이윤정

그럼에도 불구하고, 넌 나의 봄

이 아이는 달랐다. 모든 면에서.
내 나이 마흔하나에 낳은 우리들의 막내.

이 아이를 키우는 과정은 너무 좋기도, 너무 힘들기도,
너무 애틋하기도 하여서 도무지 갈피를 잡을 수 없었다.

말도 안 되는 떼를 부리고 나서 애잔한 목소리로 나에게 와
"아까는 내 마음이 간지러워서 그랬어."라고 말하면
그간의 모든 상황은 허무하게 종료되었다.

이 아이가 정서적으로 주는 다채로운 느낌들은
함께 한 세월만큼 내 안의 깊은 곳에 켜켜이 쌓여있다.

아주 가끔, 이 아이와의 마지막을 상상해본다.
마음이 내려앉는다.
한 가지 분명한 건 이 아이를 낳고 나서
좋은 사람이 되고 싶다는 간절함이 생겼다는 것이다.

세상의 모든 막내들을 응원한다.

당신의 빛나는 명함들은?

1. 당신은 어떤 사람?

2. 당신은 어떤 딸?

3. 당신은 어떤 아내?

4. 당신은 어떤 엄마?

SALE

6장

함께 배우며 사랑하며

♬ 이루미

내 삶의 멘토이자 쉼

■ 프로 주부로 기꺼이 우리의 모범이 되어주신 이윤정 님
그녀의 살림 컷에는 그녀의 살림뿐 아니라 사진 찍기에도 정성을 다하는 모습이 보였다. 나의 추억을 담당하는 사진. 그 사진도 반짝거리게 함으로 추억을 살린 그녀는 나의 감성 멘토이다.

■ 로맨틱 소통으로 마음까지 살살 녹여주시는 이진숙 님
아이, 자연 그 둘을 하나의 놀이로 만든 그녀의 말, 사진, 행동들은 그녀가 얼마나 자연과 아이의 놀이에 열정적이었는지 보여주기에 부족함이 없었다. 그래서 그녀는 나의 놀이 멘토이다.

■ 주부 선배로서 인생 선배로서 손색이 없으신 이정화 님
오랜 결혼생활을 유지해 온 그녀의 희로애락이 인증 컷 속에 고스란히 담겨있었다. 또 어떤 상황에서도 자신만의 기본에 충실하며 도전하는 용기가 엿보였기에 그녀는 나의 용기 멘토이다.

■ 온화한 성품으로 우리들에게 도전의 아이콘이신 임소라 님
오랜 직장생활을 한 그녀의 힘을 둘째 출산 후 인증톡에서 느꼈다. 기본만 잘해도 훌륭할 신생아기에 자신의 에너지를 잘 조절하여 다양한 영역의 성장을 보인 그녀는 나의 성장 멘토이다.

■ 인정받을 만한 습관을 가지고 인생역전을 한 윤정근 님
늘 보여지는 인증 컷에서 그녀의 습관이 어떻게 유지되었는지를 볼 수 있었다. 할 수 있을 것 같은 활동들과 적절한 시스템으로 습관을 지켜온 모습에 그녀는 나의 습관 멘토이다.

우리는 모두 특별하다

각자의 사연을 가진 물건들이 있다. 오래되고 낡았지만, 사연이 있거나
나를 닮아서 버릴 수 없는 그런 물건들 말이다.
마음이 맞는 이들이 함께 모여 거친 부분을 다듬고, 어여쁘게 색칠하고,
각자의 취향이 반영된 손 놀이를 시작한다.

얼마 후, 버려질 뻔했던 그 물건들은 세상에 하나뿐인 '작품'이 된다.
내 안의 또 다른 내가 꺼내지는 짜릿한 순간이다.

우리들도 그랬을 것이다.

회복되기 힘든 상처들로 남루해졌을 엄마, 아내, 딸, 며느리인 나.
'나'이지만 나로서만 살 수 없는 나.

아닌 척해봤자 끝도 없는 가사노동과 우울에서 벗어날 수 없는
'주부'라는 이름을 가진 우리들.

우리가 그동안 인증했던 수많은 기록들은
나 자신의 특별함에 대한 기록이었고,
우리 모두는 언제나 우리의 자리에서
빛나고 있었음을 알게 한 증거물이다.

우리는 모두 특별하다.

♫ 이진숙

함께 배우며 사랑하며

■ 이루미

- 열정적이고 아이디어가 샘솟는 그녀
- 그녀의 말과 행동, 생각을 따라 하고 싶게끔 만드는 그녀

■ 임소라

- 아이들 있는 그대로 사랑해 주는 그녀
- 자기관리와 힘든 상황을 잘 해내는 그녀

■ 이정화

- 남편을 사랑하며 아직도 설렌다는 그녀
- 아이들을 좋아하고 무엇이든 솔선수범하는 그녀

■ 윤정근

- 산을 좋아하고 자신을 사랑하는 그녀
- 매일매일 꾸준히 글을 쓰며 성장하고 있는 그녀

■ 이윤정

- 사진으로 보는 시선이 남다른 그녀
- 손으로 무엇이든 만들어 내는 차분한 성격의 그녀

♫ 이정화

함께 배우며

만나며~ 우리는 함께 할 수밖에 없는 운명이구나. 느꼈던 순간~
한 분 한 분들의 이야기를 들으며 정말 대단함에 절로 고개가 숙여진다.
한 분 한 분 뵀을 때 안개꽃처럼 아름답고 예쁘신 모습들~

그분들의 아픔을 들으니 내 마음이 저렸다. 세상에 어쩜 저렇게 고우신 분들이
나와 비슷한 아픔이 있다는 것에 다시 한번 고개가 숙여졌다.

"마음을 열어주는 대화의 법칙"에서
우리가 상대방을 존중하고 있다는 것을 어떻게 보여줄 수 있을까?
그의 말에 귀 기울여라.
그에게 공감의 뜻을 표현하라.
그와의 공통점을 찾아라.
그가 다 하고 나면 '더 하고 싶은 말 없어?
내가 더 알아야 할 건 없어?'라고 물어봐라.
'내가 어떻게 하면 좋겠어'라고 말하라.
3분 동안 주의 깊게 들어주고 '말과 행동을 일치시켜라'라는 내용이 있는데

저는 노력하는 사람 중의 한 사람일 뿐인데 작가님들 모습은 아니구나!
정말 다르구나. 책이 필요 없구나! 정말 많이 배웠어요~

우리 대박 날 거예요~ 함께여서 가능해요~
덕분입니다~ 존경합니다~ 감사합니다~

그대들은 자연입니다

물이 필요할 때 비를 내려주고, 잘 자라도록 햇빛을 비춰주고,
답답한 순간엔 바람을 불어주고, 쉬도록 밤을 주는 하늘같은 사람. 이루미 님.

흐르는 계곡물 소리만 들어도 마음이 편안해지고 계곡물을 보면 온몸이
치유된 듯하지요. 계곡물 같은 진숙 님.

곁에 있는 것만으로 푸근하고 언제, 어느 길로 가든 모두 멋진 광경을
선사하는 산. 산과 같은 정화 님.

무궁무진한 바다의 자원. 헤아릴 수 없을 만큼 다양한 생물을 품은 바다처럼
재주를 한아름 품은 윤정 님.

단단하고 든든한 바위. 자리를 지키고 있지만 필요한 때엔 자신을 깎아
모양을 바꾸기도 하지요. 든든한 바위 같은 정근 님.

♫ 윤정근

함께 배우며 사랑하며

■ 관계의 달인_이루미

우리의 리더이며 열정과 실행력과 주변 사람들과의 관계를 맺는 모습을 보며 나도 저런 사람이 되고 싶다. 라는 마음을 갖게 하는 그녀

■ 놀이의 달인_이진숙

아이들과 함께 하는 모습을 보며 진성이구나를 느끼게 해주는 그녀를 보고 있노라면 나도 나의 아이와 함께할 때는 즐기는 마음으로 해야겠다는 마음이 절로 들게 하는 그녀

■ 자기계발의 달인_임소라

아이를 키우면서도 자기계발을 소홀히 하지 않는 모습에 자극을 뿜뿜 주는 그녀. 어떠한 상황에서도 본인만의 스타일을 놓지 않는 모습에 나도 저런 사람이 돼야지. 하는 마음이 들게 하는 그녀

■ 금손의 달인_이윤정

사진 찍는 거부터 살림까지 넘사벽인 그녀를 보면서 살림은 저렇게 하는 것이라는 것을 많이 배우게 하는 그녀. 걷기로 삶의 변화를 이루어낸 모습을 보며 나도 부지런히 걸어야겠다는 마음을 갖게 하는 그녀

■ 사랑의 달인_이정화

남편을 보는 모습에서도 어린이집 아이들을 대하는 모습에서도 사랑이 넘치는 게 보이는 그녀. 그런 사랑을 본받고 싶다라는 마음이 들게 하는 그녀

♫ 이주연

3040 주부 모임 후기

아이들의 겨울방학 시작.
'아이들에게 자유를 주자! 아이들도 좀 쉬어야지!'
라는 생각으로 저도 나태해져 가고 있을 무렵.

생각지도 못했던 혼란.
코로나로 인한 팬데믹 상황까지 오게 되었어요.
길어야 한두 달…. 지나면 사라질 거라 생각했어요.
하지만, 쉽게 끝이 보이지 않았지요.

똑같은 하루의 반복 속에
"버텨내는 하루가 아닌, 생각하며 살고 싶다"라는 마음이 들었어요.
그러던 차에 진숙님 덕분에 알게 된 프로 주부 인증톡!(3040 주부 모임)
그것을 통해 전 세 가지를 얻게 되었죠.

첫 번째는 되돌아보며 배우는 습관

그 모임은 집안일, 성장, 역할 중에 두 가지만 인증하면 되었기에 어렵지 않았고
'내가 하루를 이렇게 보냈구나'하며 저의 일상을 되돌아보게 했어요.
또 다른 분들의 사진을 보며 '같은 일도 이렇게 할 수 있구나'
하고 배우게 되었고 매일하니 좋은 습관이 되었죠.

두 번째는 내가 원하고 좋아하는 것을 알게 되는 것

사진을 찍다 보면 반복적으로 하는 일이 있었어요. 바로 제가 좋아하는 일들이었고 그것을 반복하다 보니 잘하게 되는 긍정적 순환도 일어났어요.

세 번째로 내가 나를 인정해주는 것

엄마여서 당연히 해야 했던 일들. 아무도 칭찬해주지 않았던 일들.
그렇기에 '넌 잘하고 있다'는 말이 저에게 필요했었나 봐요.
월말 이루미 님의 격려와 때 되면 회원 분들의 축하나 지지는
주부 일상을 누군가 응원해주는 느낌이었어요.
그리고 단톡방에 인증 사진을 올리며 '오늘은 이렇게 열심이었구나!'
하고 스스로 인정도 하게 됐죠.

여러분들도 지금 시작해보세요.
활기찬 하루가 시작될 거예요.
주부님들 파이팅!

Healing
moms

3040 주부님들 함께 할까요?

힐링맘스 주부들이 함께하는 프로 주부 인증톡은
주부들의 집안일, 성장, 역할 속
작은 실천들을 인증하는 모임입니다.

잊혀져가는 생일,
잃어가는 우정과 열정을 되찾을 수 있도록
서로 축하하고 지지하며
그렇게 충만한 성장을 돕습니다.

서로의 실천과 관심으로 보고 느끼고
또 다른 실천을 하며 즐겁게 함께 성장해가는
우리와 같은 모임들이 많이 늘었으면 좋겠습니다.

누구나 참여할 수 있게 다양한 모임을 준비했습니다.

프로 주부 인증톡 모임 신청문의

https://m.blog.naver.com/virtue337

SALE

7장

같이하며 가치가 더해지다

♫ 이루미

날 움직이게 하는 힘

정리수납, 살림왕, 주부 고수님들의 책들.
참 좋다. 근데… 난 왜 읽다가 말게 될까?

지금 내 눈길을 끌고 날 움직이게 하는 힘.
그것은 주부 일상에서 느끼는 마음에 대한 공감이었다.
주부인 내게 뛰어난 정보보다 동지가 필요한 이유다.
말하지 않아도 서로의 일상이 그냥 공감되는 동지 말이다.

그래서 함께하고 있는 나의 주부 동지들은 서로의 일상을
스마트폰으로 클로즈업해 찍어 공유했다.
같은 일상 다른 생각들을 본다. 느낀다. 또 다른 실천을 한다.
그렇게 서로의 관심과 실천으로 즐겁게 유지하며 성장했다.

티 내야 하니 좀 더 꾸미고 성장하려 책도 보며 주부 일상의
모든 면에 빛나는 변화가 이루어졌다. 그 중 내 삶의 전환점이
되는 큰 변화는 6명의 평범한 주부가 책까지 쓰게 된 것이다.

♫ 이윤정

누구와 함께인가?

아이들과 함께 하는 날들은 의미 있었지만 대체로 힘들었다. 전업주부로 살았기 때문에 가사와 육아를 더 잘 해내야 한다는 압박이 있었다. 전업주부라는 자부심을 가지고 가정살림을 꾸리는 것도, 일관성을 가지고 아이들을 대하는 것도 모두 쉽지 않은 도전처럼 다가왔던 지난 십 년이었다. 전투 육아 시절에 비슷한 처지의 엄마들을 만나면 더 지치고 힘이 들었다. 함께 만나면 질펀한 수다로 '공감'은 형성되었지만, '공감 이후에 달라지는 것' 따윈 없었다. 신세한탄, 가족들에 대한 험담이나 나의 상태에 대한 불만족이 걸러지지 않은 말들로 표현되었다. 후련한 마음은 그때뿐이었고, 결과적으로 그런 만남은 나에게 아무런 의미가 없었다.

이런저런 시행착오들을 직접 경험하며 나만의 방식으로 살림과 육아를 병행하기 시작하면서 몸과 마음의 상태가 많이 나아졌으며, 당연히 아내와 엄마로서의 정체성도 많이 회복되었다.

2020년 3월 '프로 주부 인증톡'의 멤버가 되어 나의 육아와 살림 일상을 짧게 공유할 기회가 생겼고, 지금도 여전히 잘 유지하고 있다. 여러 명의 주부들이 그들만의 방식대로 육아와 살림 일상을 공유한다.
더 잘 해내야 한다는 압박이나 스트레스는 없다. 그것들을 공유하는 것 자체로도 충분히 의미 있으므로. 공감이 공감 이상의 것들을 삶에서 끌어낼 수 있다는 건 너무나 멋진 일이다. 그것도 '살림'을 통해서라면 더욱.

매일 하는 무언가에 더 집중할 필요가 있다. 오늘도 각자의 자리에서 매일을 살아내는 세상의 모든 주부들이 늘 행복했으면 좋겠다.

♫ 이진숙

함께 일상을 공유하면.

하나를 시작하면 제대로 하지만
그 한 발을 떼기가 참 어렵고도 어렵다.

혼자라면 어렵겠지만 둘 셋 넷 아니
열한 명의 주부가 함께하니 힘이 생겼다.

그 힘으로 프로 주부 인증톡을 하며
생각하지 못했던 부분의 사진이 올라오면

따라쟁인 나는
그걸 해보고 사진을 찍는다.

평소 하지 않았던 부분이라
해놓고 보면 만족도도 높아져 있다.

그리고 잘하고 있다는 칭찬까지 받으면
아이 마냥 신나서 더 열심히 하게 된다.

함께 일상을 공유하며
그 안에서 배우고 서로 격려해 주면서
같이 하고 있다는 것만으로도
참 많은 힘을 얻고 있다.

함께여서 가능한 거

가끔은,
누군가 나를 자기방식대로 생각하고 표현해 주면 감사함보다는 해결책 같다는 느낌이 들어 유지보다는 마음속으로 차단을 선택했던 나이다.

비폭력 대화를 읽으며 혼자인 것에 만족하고 매 순간 깨어서 구체적으로 표현하려는 나를 발견한다.

"듣기 힘든 말은 누군가의 삶을 풍요롭게 할 기회가 된다. 비난, 비판으로 들렸던 말이 선물로 보일 때 더 없이 행복을 느낀다."라는 말처럼 경험을 통해 알게 되었다.

늘 나에게 풍요로운 삶을 선택할 수 있게 방향을 제시하는 그녀가 있다.

항상 옆에서 늘 함께해 준 벗 이루미~~~♡♡
함께여서 가능함을 보여주는 그녀의 위대한 힘 본받을 만하다.
그녀 덕분에 지금 작가님들과 관계를 유지하고 소통하고 있다.

내면의 나를 바로 보고 인정하니 더없이 행복한 삶이구나 싶다.

함께하니 지지자가 되었다

최고의 평가자, 최악의 평가자, 그냥 평가자
모두 '나' 자신이다.
나를 항상 지켜보는 건 '나'밖에 없다.

행복지수를 높이는 것도,
불행으로 가라앉는 것도,
모두 내가 할 수 있는 일이다.

Why? 모든 순간 '나'와 함께 했으니까.
그런데 왜 자신의 평가 기준이 달라질까? 인간이니까.

내가 나를 잘 알지 못하기에 한 가지 면만 보고 평가하여
단정 짓기 때문이 아닐까?
마치 타인처럼 내 삶의 한 면만 보고 평가한 게 아닐까?
내 평가의 기준이 '그 시기'여서 그런 게 아닐까?
'그 시기'가 '나의 모든 시기'일 거라는 추측으로.

사계절과 절기가 있듯 나도 여러 면이 있다는 걸 받아들이자.
나를 보는 관점을 타인이 보는 관점이 아닌
'큰 나'가 '작은 나'를 보는 메타인지를 갖자.

그럼, '평가자'가 아닌 '지지자'가 될 것이다.

♬ 윤정근

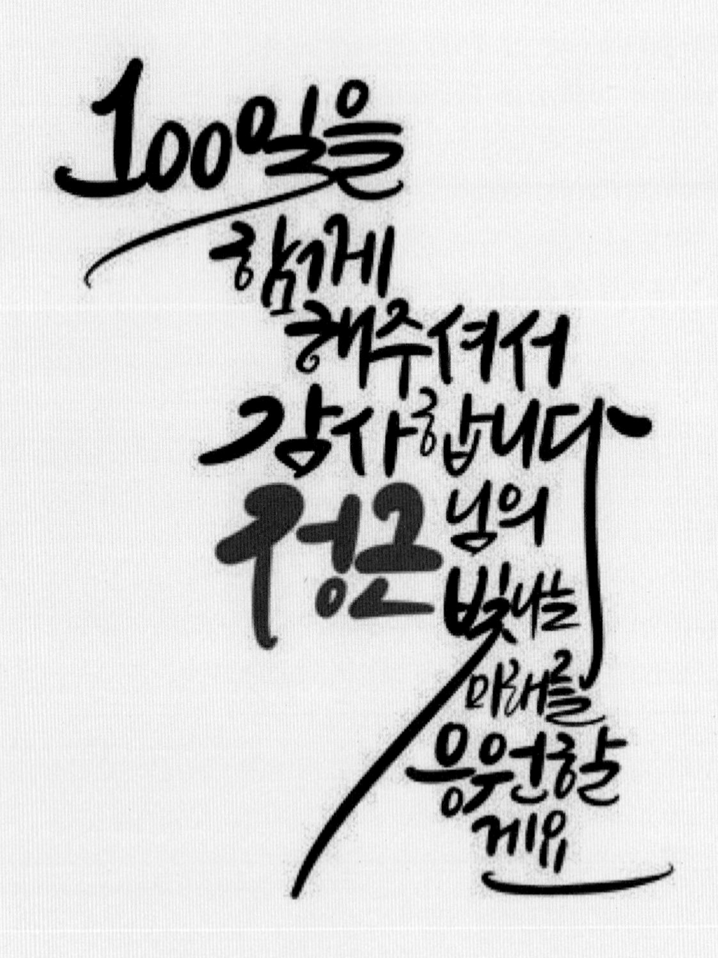

뭉치면 살고 흩어지면 죽는다

각각의 개성을 지닌 6명의 주부들과 책 쓰기를 한다고 했을 때는
과연 그게 될까? 하는 생각이 먼저 들었었다.

인증톡을 나누고 서로가 올리는 글을 보면서
아… 이건 되겠구나 하는 확신이 들었다.

우리가 결혼을 하고 아이를 낳고
살림·육아·일을 병행하면서 오는 현타를 극복하는데
우리의 이야기가 도움이 될 거라는 생각이 들었기 때문이다.

왜냐하면 나부터 이들의 이야기를 통해 나만 힘든 게 아니었구나.
나만 그런 생각을 가진 게 아니었구나.
공감하면서 위로 받고 힘을 얻었기 때문이다.

그리고 혼자였다면 결코 상상도 못 할 일을 함께하며
평범한 주부들이 이루어 가고 있다.

우리 주부들도 뭉치면 엄청난 힘을 가지게 된다는 것을
함께 글을 쓰면서 경험한 것을 다른 분들과도 꼭 나누고 싶다.
이 글을 읽는 모든 분들 함께해요~

Paris
Baguette

나는 언제 저렇게 웃었지?

해먹을 타던 아이가
숨넘어가듯 웃는다.

나도 저렇게 웃고 싶다.
나는 언제 저렇게 웃었지?

너무 좋아서 신나서
숨넘어가듯 저렇게

결혼하며 친구도
놀거리도 놀 시간도 줄어갔다.

그 만큼 미소의 양도 줄고
미소의 소리도 작아졌다.

그렇게 엄마가 된 나
이제는 제대로 한번 놀아보려 한다.

나와 같은 엄마들과
서로의 일상을 재잘 재잘 공유하며

책도 쓰고
강의도 하며

신나게 즐겁게
그렇게 놀아보려 한다.

Thanks to…

◆ 이루미 님

늦둥이인 저를 큰 사랑과 용기로 낳아주신 부모님과 늘 마음써주시는 시댁가족분들, 든든한 울타리가 되어 준 언니 오빠들, 늘 사랑과 믿음으로 한결같이 응원해 준 남편 동진석 님과 한없이 사랑스러운 동하윤, 동다윤 머리 숙여 감사한 마음을 표현합니다. 모두 존경과 존중으로 사랑합니다.

◆ 이윤정 님

글을 쓰는 모든 과정을 따뜻하게 바라봐준 나의 가족들과 양가 부모님, 특히 보이는, 보이지 않는 모든 것들과 함께 해 준 남편 김종석 님께 존경과 감사를 보냅니다. 힘들 때마다 기꺼이 넓은 품을 내주었던 아름다운 '우이'에서 살아갈 수 있음에 감사하고, 고단했지만 나를 성장으로 이끌어준 수많은 '결핍'에게도 감사를 전합니다.

◆ 이진숙 님

나에게 아낌없는 사랑과 응원을 해준 남편 김민수 님,
세상에서 우리 엄마가 최고의 선생님이라고 생각하는 큰아들 지한,
엄마를 믿고 세상 제일 따뜻한 사람이라고 이야기하는 둘째 강한,
엄마를 진짜 멋있다고 이야기하는 막내딸 소이,
딸이 하는 일에 믿음을 갖고 항상 응원해주시는 친정부모님 존경하고
감사합니다. ♡

◆ 이정화 님

나를 있는 그대로 받아주시는 양가 부모님께 감사의 마음을 표현합니다. ^^
정희경, 정수호 사랑합니다. 엄마 딸, 아들로 태어나줘서 정말 고맙고
너희는 엄마의 심장이란다.
20살의 어린 신부를 42살까지 옆에서 지지해주고 응원해주고 긍정의
시선으로 바라보고, 생각할 수 있도록 저를 어른으로 성장시켜준 남편
감사합니다. 늘 존경합니다~ ^^

◆ 임소라 님

하늘에서 지켜주는 아빠와 큰 혼란을 잠재워주신 엄마, 첫 만남부터 든든한
지원군처럼 늘 믿어주는 남편 황호수 님과 세상에 태어나길 잘했다고
느끼게 해준 내 아이들 재혁, 지우 감사하고 사랑합니다.
삶에 혼란이 있었지만 갈증이 있을 때 그 갈증을 깨달음으로 채워준 나도
감사합니다.

◆ 윤정근 님

지금까지 계속 성장할 수 있도록 옆에서 도와준 남편
그리고 항상 힘을 낼 수 있도록 근본적인 힘을 만들어 준 우리 딸 지아
항상 고맙고 사랑해.

가족 외에 가장 먼저 감사 말씀 올리고 싶은 분들

글을 읽는 독자로서만 살다가 글을 쓰는 작가가 되어서 감사의 글을 쓸 수 있게 되어서 기쁩니다. 특히, 이 책이 나올 수 있는 '소중한 시작'이 되어주신 마음벗 이루미 님과 '아름다운 마무리'가 되어주신 명품 출판사 '청어' 이영철 대표님과 방세화 편집장님 외 출판사 가족 분들께 깊이 감사드립니다.

모든 것이 낯선 중년의 전업주부가 새로운 도전을 기꺼이 받아들일 수 있도록 함께 해 준 '힐링맘스' 친구들과 책 쓰는 100일 동안 삶의 스승으로 작가의 삶을 가까이서 보여주신 엄해정 대표님, 황준연 작가님 이 모든 분께 가장 먼저 깊은 사랑과 감사를 보냅니다.

힐링맘스의 책이 세상에 빛을 볼 수 있게 직접적으로 도움을 주신 분들이기에 작가 인생의 시작부터 끝까지 정성스러운 사랑과 가르침 늘 기억할게요.

가족이 아님에도 깊은 우정으로 또는 스치는 인연이지만 감동을 주며 힐링맘스를 키워주신 스승님 또는 벗들에게 감사함을 전합니다. 첫 책에 이름 석자 새겨드리며 순간순간에 느꼈던 고마움을 보답하고자 합니다.

본이 되는 감동으로 저희의 성장을 도와주신 스승님들 진심으로 감사드립니다.

✰ 오프라인

문홍선, 김병우, 윤혜영, 김선경, 임종렬, 김순천, 임정미, 왕금화, 이동순, 김병영, 김희경, 임미정, 박미나, 황금빛, 강영미, 구현지, 신혜현, 이미란, 괴산김치 사모님, 들꽃이야기 사장님, 고예슬 예빈 맘, 원배호맘, 승민 지민맘, 수지 맘, 성지수 지원 맘, 안귀옥, 김태진, 정운 삼촌, 오창 성당 반장님, 김은선, 김두진, 임미영

✰ 온라인 (유튜브 강의로 도움을 주신 분들)

박세니, 김미경, 신사임당, 박상미, 김창옥, 북 매디

믿음과 격려의 감동으로 저희의 성장을 도와준 벗들에게 찐한 고마움을 표합니다.

박주현, 정희경, 김신영, 정선애, 방주원, 국성희, 미라클, 황인영, 이주연, 김정화, 김미애, 김미옥, 김은숙, 써니, 신효선, 연옥구, 김은수, 서민희, 예율 맘, 다연 맘, 민준 맘, 하현 맘, 경선 언니, 조은영, 종순 언니, 구선향, 대영 맘, 송현영, 전주연, 박재분, 김선희, 김미란, 지은언니, 권이선, 이주연, 윤순애, 김연숙, 전동옥, 서미순, 엄미현, 김수진, 정혜선, 송영심, 박나영, 이창은, 김수희, 정선아(김 찬 어머님), 송혜은(조이준 어머님), 김혜연(유시진 어머님), 김지혜(구보민 어머님) 고효정

함께라는 힘은 참으로 큽니다.
그 힘이 되어준 여러 단체에도 큰 감사를 표합니다.

북덕방 식구들, 사랑톡, 온라인 대가족, 프로주부인증톡, 세빛독서모임,
오창 성당 반모임, 황 작가와 함께하는 독서&책쓰기,
아빠 관장님의 나와 자녀를 위한 보여주기 운동&독서 모임,
미라클 모닝톡, 해나가람, 이목회, 요가 동기

그 외에도 힐링맘스의 생각과 말과 행위로 만나고 스친 인연들이 함께 있었기에 지금의 우리가 있었습니다. 덕분입니다.
모두 감사함으로 사랑을 보냅니다!